草木诗心

王张应　著

黄山书社

图书在版编目（CIP）数据

草木诗心 / 王张应著 . -- 合肥 : 黄山书社，
2021.1
（慢活书系）
ISBN 978-7-5461-9623-7

Ⅰ . ①草… Ⅱ . ①王… Ⅲ . ①诗集 – 中国 – 当代
Ⅳ . ① I227

中国版本图书馆 CIP 数据核字（2021）第 010668 号

草 木 诗 心
CAOMUSHIXIN

王张应 著

出 品 人 贾兴权
责任编辑 刘莉萍
装帧设计 有品堂_刘 俊
出版发行 黄山书社（http://www.hspress.cn）
地址邮编 安徽省合肥市蜀山区翡翠路 1118 号出版传媒广场 7 层 230071
印 刷 安徽联众印刷有限公司
版 次 2022 年 8 月第 1 版
印 次 2022 年 8 月第 1 次印刷
开 本 880 mm × 1230 mm 1/32
字 数 200 千字
印 张 9
书 号 ISBN 978-7-5461-9623-7
定 价 59.00 元

服务热线 0551-63533706
销售热线 0551-63533761
官方直营书店（https://hsss.tmall.com）

序

诗心写草木。

依傍着《诗经》，书写一株株草木的呼吸与芬芳，感受一株株草木的历史与诗意。从遥远的先秦到现在，这些草木似乎始终在《诗经》的河流与高冈上生长着，郁郁葱葱的，仿佛一生都在等待着人们的采摘："采薇采薇""于以采蘩""采葑采葑""薄采其茆""采葑采菲""言采其蕨"……采，在《诗经》里是一个多么美好的动作，手的舞之蹈之，伴随着劳动的节奏和植物的鲜活，摇曳出一种巨大的草木光辉。

王张应行走在这种光辉里，追撵着《诗经》里的草木，始终在用心采摘。在他的笔下，这些草木被赋予了某种生命。千年不变的味蕾、随时代而变的审美、草木神形凝聚的永恒魅力……有时，他不只是寻找草木诗心，而是在寻找自己的内心，寻找自己对自然无比热爱和亲近的秘密。在溪边，他突然发觉《诗经》里的"蘋"就是"四叶草"，竟为四叶草被称为"幸运草"而孩子气地高兴了一整天。他读《诗经·豳风·七月》

里的“八月剥枣，十月获稻”，他不但记住了家乡枣树下的嬉闹，更记住了种稻、收割和由此演化而来的农业生产的艰辛。他深深地知道“十月获稻”，稻谷变成米时的“险象”环生，因而对稻米敬若神明……在他的心里，草木何止有着诗心，更有着滋养人类灵魂和生命的天地仁心。

从熟悉草木开始，当然也就会因草木而言他。“陟彼南山，言采其蕨。未见君子，忧心惙惙。”（《言采其蕨》）他看到先秦的女子一步一步登上南山之巅，说是采蕨，其实是在等待心上的人，左等右等不见，女子心里就有了一丝忧戚苦涩。在《山有扶苏》里，由枝繁叶茂的扶苏树，他联想到秦始皇的“公子扶苏”，轻轻叩问了一段王朝的历史，再次印证着唐人杜牧《阿房宫赋》说的“灭六国者六国也，非秦也。族秦者秦也，非天下也”的著名论断。由草木及人，他让人在草木的世界一一找到现实生命的对应，进而发出“人生一世，草木一秋”的感慨。

牛舌草、卷耳、茵陈蒿、艾草、花椒树、枣树、橡栗树……林林总总，这些草木我们有的熟悉，有的还很陌生。但几千年过来，这些从《诗经》里生长而出的草木，在他的笔下依然弥漫着一种新鲜的诗意之美。摇曳多姿的神采，斑斓丰富的颜色，后来也许镌刻在了青花瓷、蓝边花碗上，或者装饰过女子的裙裾。但看到这样的草木线条，我们会依然感觉它们都是刚刚从

《诗经》的河流里打捞上来的，水灵灵、轻盈盈的。那悠扬的声音里，有水声，有风声，有金属之声，宛如从远古传来的旋律。“山有苞栎，隰有六驳。未见君子，忧心靡乐。如何如何，忘我实多！”（《诗经·国风·秦风·晨风》）。读这样的诗句，我感觉不仅是在读诗，而是手握一株草木，读天籁。王张应漫不经心地考证这种植物，说：“皮光而有斑纹的树干，弯曲遒劲的树枝……肥厚多汁的叶子，泄露了城市豪门前一棵树的乡野身份。”（《隰有六驳》）这不就是一种诗意的泄露？

把老了的芥菜兜子叫“菜婆子”，把做种子的红芋称为“红芋娘子”……因为同样的方言，我读到他对故乡植物的这种称呼，总是能够会心一笑。草木自有春秋，如果说《诗经》时代是植物生长的时代，那么我们现在正处于钢筋混凝土堆积的时代。在如此时代，他以诗心写草木，就给了我们一种退回与穿越，仿佛把大地还原为大地，把河流还原为河流，把草木还原为草木。当然，一切也就有了风华之美。“有女同行，颜如舜英”（《诗经·郑风·有女同车》），那开着紫色或粉红色的喇叭花星星点点的，一串串缠绕在篱笆墙上。在有着露珠的清晨，人和植物都很妩媚。

是为序。

徐 迅

2022 年 5 月 4 日，青年节，北京寓所

目录

辑二 木叶动秋声

辑三 晓看红湿处

辑一 草色入帘青

秋日，在巢湖边行走，于岸边浅滩上看到大片的芦苇。

采薇采薇。

于《诗经》中读到《采薇》："采薇采薇，薇亦作止。曰归曰归，岁亦莫止。"我便想起司马迁《史记·伯夷列传》的故事："伯夷、叔齐，孤竹君之二子也。父欲立叔齐，及父卒，叔齐让伯夷。伯夷曰：'父命也。'遂逃去。叔齐亦不肯立而逃之。国人立其中子。于是伯夷、叔齐闻西伯昌善养老，盍往归焉。及至，西伯卒。武王载木主，号为文王，东伐纣。伯夷、叔齐叩马而谏曰：'父死不葬，爰及干戈，可谓孝乎？以臣弑君，可谓仁乎？'左右欲兵之，太公曰：'此义人也。'扶而去之。武王已平殷乱，天下宗周，而伯夷、叔齐耻之，义不食周粟，隐于首阳山，采薇而食之。及饿且死，作歌，其辞曰：'登彼西山兮，采其薇矣。以暴易暴兮，不知其非矣。神农、虞、夏忽焉没兮，我安适归矣？于嗟徂兮，命之衰矣！'"这个用忠诚和骨气写就的感人故事，早年读过，几十年后，记忆犹新。

成语"不食周粟"即源于《史记》里的这个故事。那两位忠贞坚定有志气的前朝儿臣，改朝换代后，不做后朝的大臣，不吃后朝的粮食，穴居深山，靠山上的野菜维持生命。孰知"普天之下莫非王土"，某一天有人一语惊醒梦中人，他俩忽然明白过来，山上的野菜也不属于前朝了，跟地里种植的粟一样，都是周朝的。明白了这个道理，兄弟俩只有一个选择：绝食身亡。

曾经为兄弟俩充饥活命的一种野菜名叫薇。薇是一种古老的草本植物，先秦时期有它，如今还有它。对于这种古名"薇"的野菜，我一点也不生疏。我见过它长在田间地头的模样，也曾把它当作猪草连根拔起纳入竹篮提回家喂猪。当然，这种野菜的味道我也是尝过的，生的熟的都尝过。生的是早年尝的，它留给我的记忆是一点点甜；熟的是后来尝的，它比人工种植的蔬菜味道更鲜美。

我见到它的时候，身边人都叫它野豌豆，只有个别上过旧学的老人家叫它薇菜。春三月里，麦苗儿拔节圆秆，麦地里常见一种野草。它的模样儿很像豌豆苗，有长长的藤蔓，那藤蔓却比豌豆苗的藤蔓纤细得多；它有排列整齐、细小的椭圆形叶子，却比豌豆苗的叶子精致得多；它开紫色的花，花朵也比豌豆花小一些；花谢了，结出窄而薄的小豆荚，比豌豆的豆荚小，也远没有豌豆的豆荚那么饱满，豆荚里的籽粒很细小。

野豌豆喜欢长在麦地里。李时珍曾说："薇生麦田中。"在《本草纲目》中读到这句，我是信的。小时候，我在家乡所见的野豌豆，多是在麦地里。麦地里生出的野草肯定不受人待见，总要被人拔除。恰好，那年头喂猪还不懂得使用有催肥作用的复合饲料，家家户户都作兴打猪草割青饲料喂猪。这种长相近似豌豆苗的野菜，自然被人放心地纳入竹篮中。道理很简单，豌豆苗人能吃，野豌豆苗猪还不能吃嘛，打猪草的人一点都不犹豫。乡人信任野豌豆，像信任老朋友似的。

那时候尚且不知道，这种被称为野豌豆的野菜，不仅猪能吃，人也是能吃的。顽皮的少年还尝过野豌豆荚。剥豌豆时，将豌豆荚子剥开，取出里面圆圆的籽粒，空的豆荚壳儿一般会扔掉。也不知是哪个贪嘴的顽童最先发现豌豆荚是可以吃的，至少可以放在嘴里嚼出甜味。同样是豆荚，野豌豆荚应该也是甜的。在野豌豆藤蔓上掐下一个小豆荚，连同里面的籽粒一起嚼烂，嘴里的汁液果真是甜的，似乎比豌豆荚更甜，还有股特别的清香味。野豌豆荚可吃，在顽童之间很快成为一个心照不宣的秘密。每到春夏之交，顽童们便结伴去麦地里，寻找先前打猪草时遗漏下来的野豌豆。

找到结了荚的野豌豆，有吃的，也有玩的。将野豌豆荚两端咬断，留下中间空洞的一段，放在嘴里一吹，便发出悦耳的笛声，比柳笛的声音还要好听。孩子们一个比一个吹得响亮婉转。这种玩法自然是从大一些的顽童那里学来的，小顽童们好像更醉心于吃，大一些的孩子，特别是顽皮的孩子，他们都会玩耍，总会教给小孩子一些新花样新玩法。学会了拿野豌豆荚当柳笛吹，小孩子似乎一下子长大了不少，不再留恋野豌豆荚嚼烂后的那一点点甜头了。

若干年后，当野菜被端上餐桌受人追捧时，我也在小区超市里买过几回野豌豆苗。最早吃的那道菜是清炒野豌豆苗，它保留了野豌豆苗质朴的原味。之前，豌豆苗差不多每年春天都会吃到，那种时令菜蔬价格并不贵，许多地方的大棚里正在批量生产。这一碗野豌豆苗，因为多了一个“野”字，身价倍增。超市里货架上标注的菜名，故意将“野豌豆”的“野”字放大了两三倍，意在提醒顾客，他们卖的可不是普通的豌豆，而是城里人难得一见的野豌豆。

饮食看似寻常，当中却有文化。日常吃食，也能吃出学问来。因为吃野豌豆苗，我知道了它还有个名字叫巢菜。身边有个巢湖，遇见带“巢”的物事就觉着亲切，遇见巢菜便以为它出自巢湖周边。结果却不是那回事，巢菜的“巢”与巢湖无关。可能还是与“巢”的本义有关吧，丛生的野豌豆苗，藤蔓密集地交织在一起，足以让鸟雀为巢。

后来我于无意中读到陆游的诗作：“昏昏雾雨暗衡茅，儿女随宜治酒殽。便觉此身如在蜀，一盘笼饼是豌巢。”我这才明白，原来“巢”是蜀地名菜。

一种植物有多个名字，每种叫法各有特色。薇菜之名，给人诗意美感。巢菜之名，形象直观，让人心领神会。野豌豆之名，质朴近人，让人觉着亲切，宛如遇见童年小伙伴。

蒹葭苍苍。

秋日，在巢湖边行走，于岸边浅滩上看到大片的芦苇。春天里发芽抽茎，饱吸泥土和水里的养分，经过一个夏天的突飞猛进，芦苇已经成熟。倘若有人靠近，它们定是高过人头了。群体长势茂盛，从岸上看不见芦苇脚下的水面。一片芦苇，便是水里的一块绿洲。

不时有水鸟于芦苇丛中倏地飞出，由低到高，又由高到低，在空中划一道弧线，而后贴着湖面，渐飞渐远。大概这鸟儿是出去觅食吧，芦苇丛里的虫儿吃腻了，要换口味，到远处的水域里寻找小鱼小虾。断断续续，也有几只水鸟不知从何而来，刷地没入芦苇丛中。或许那是些倦鸟吧，曾经浪迹湖天之间，吃饱了鱼虾却累了身子，需要返巢歇息。湖边浅水处，这片密植的芦苇，便是巢湖水域百鸟的家园。

时已近午，阳光正好。芦苇叶上，自然不会还挂着露珠，可我偏偏想起了《诗经》里的句子："蒹葭苍苍，白露为霜。所谓伊人，在水一方。"想到这里，不禁莞尔。古人比今人浪漫多了，能把心中的"伊人"想象在芦苇绿洲的那边，在水一方，宛在水中央。依我世俗的眼光看，才不信呢。芦苇丛的那边是浩渺的水面，水面上偶尔有低飞的鹭鸟，哪有什么伊人？

这就是诗人和俗人的差别吧。在诗人眼里，水上是有伊人的，俗人却看不见。不仅看不见，对于"白露为霜"，俗人也不真信。"蒹葭"是初生的芦苇，尚未抽穗呢，时候应在春天，芦苇叶上朝露是有的，言"霜"则为时过早。在我等俗人眼里这不合时宜的景观，一旦到了诗人口中，就显得合情合理，信之者众。我虽不全信，见到了芦苇，还是想到了几千年前那些满怀诗情的人随口吟唱的诗句。

无怪乎古人见到芦苇就吟唱，由芦苇便想到他心中的伊人。今天，就以俗人的眼光看，芦苇也是诗意之物。走在巢湖岸边时，是在秋后几日，处暑未到。地上草木一派葱茏，路边的枫树叶子青碧苍翠。因为见到了芦苇花，那种白中带紫的芦花，我还是想起了唐代诗人的诗句："枫叶荻花秋瑟瑟。"是的，枫叶未红，荻花亦未全白。毕竟秋天到了，秋风瑟瑟的日子，踮起脚尖就可以望见。

届时，这巢湖边上又该是另外一番景观。芦苇由翠绿变成灰白，芦花洁白如雪，风吹芦苇沙沙作响。芦苇的身体枯萎了，

蒹葭苍苍，白露为霜。所谓伊人，在水一方。
溯洄从之，道阻且长。溯游从之，宛在水中央。

蒹葭萋萋，白露未晞。所谓伊人，在水之湄。
溯洄从之，道阻且跻。溯游从之，宛在水中坻。

蒹葭采采，白露未已。所谓伊人，在水之涘。
溯洄从之，道阻且右。溯游从之，宛在水中沚。

仍旧保持站立的姿势。枯萎不一定就是死亡，生命的活力被深深藏起，在水里，在泥里，在一个漫长的梦里。来年春天，泥软了，水暖了，梦醒来，新芽出水面，枯萎的芦苇给新苗让出了位置，“蒹葭”时分由此开始。

“蒹葭”只是一种较短时段的状态。见芦苇易，见蒹葭难。非但见它实物难，就连见它名称二字也不易。除在《诗经》里见过，别处寥寥可数。比如我在《韩诗外传》里读到这样一句，遇见“蒹葭”：“吾出蒹葭之中，入夫子之门。”再如，清人李渔有句话中有“蒹葭”：“我虽是蒹葭，现开着玉树花……”如此之说，“蒹葭”都是自谦之词，意在低微，与草莽、草芥不离左右。

关于芦苇，所见可就多了，差不多有水的地方就有芦苇。我最早见到大面积的芦苇，是在长江中游北岸的一个村庄。江水有进有退，那片芦苇出芽抽茎时，芦苇脚下是离水面不远的一块陆地。等到芦苇长到粗壮之时，江水吞没了那块陆地，芦苇浸泡在水中，仅露梢尖。后来听一位家住江边的朋友说，正是那片芦苇保住了江堤以及江堤后面更多的土地，否则江水会在长江大堤上撕开一个缺口，肆意倾泻它狂暴的情绪和巨大的能量。

的确，看似温顺的水，其实暗藏了巨大的破坏乃至毁灭的力量。它能轻轻松松让一片土地瞬间消失，也能在原本没有土地的地方生出一块地来。大概长江岸边以及所有的水边生有芦苇，既是水的赐予，又是用来制衡水的吧。想到这里，我便对生于泥水之中的芦苇，心生一分深深的敬意。

食我晚藿。

最早识“藿”，因为成语“葵藿之心”。它出自唐代诗人王维《责躬荐弟表》：“葵藿之心，庶知向日。犬马之意，何足动天。”后来再遇“藿”字，是在明人冯梦龙《东周列国志》中：“藿食能谋，行且肉食矣。”读《东周列国志》能注意到这句话，是因为当年的初中课文里有一句类似的话：“肉食者鄙，未能远谋。”两句话说的应该是一个意思，不要小看了那些布衣素食的乡野之人。家乡皖西南地区有句俗语——泥巴田里沤死秀才，意说乡野之间也有能人，与“藿食能谋”便有些相通之处。如今耳边常有这样一句话：“高手总在民间。”又何尝不是这个意思。

再后来，读《诗经》，在《小雅·白驹》中读到：“皎皎白驹，食我场苗。絷之维之，以永今朝。所谓伊人，于焉逍遥？皎皎白驹，食我场藿。絷之维之，以永今夕。所谓伊人，于焉嘉客？”光亮皎洁小白马，吃我园中嫩豆苗……光亮皎洁小白马，吃我园中嫩豆叶……至此，明白了“藿”的三重含义：一是嫩的豆叶；二是藿香，一种有香气可以入药的草；三是藿食，在野之人，平民百姓。

一个偶然的机会，发现很熟悉也很爱吃的一种菜蔬，它的学名中竟含有“藿”。在皖西大别山，尤其是皖西南山区，有一种在平原地区难得一见的农作物。它与生姜很相似，长着跟生姜模样差不多的茎秆和叶子。但与生姜也有不同，生姜是块状的根茎深埋在土里，它的根茎是梭状的，像蓓蕾，像笋尖，一半在土里，一半在土外；生姜的颜色是浅黄色，它的颜色则是深紫色；生姜的味道主要是辣，它的味道初有点涩后便是香。在家乡皖西南地区，它的名字也叫姜，只是它不叫生姜，叫莲花姜。早春二月，紫色辛夷花的蓓蕾是什么样子，莲花姜就是什么样子。辛夷花酷似莲花，只因莲花开在水上，辛夷花开在树上，所以辛夷花也叫木莲花。

莲花姜与生姜最大的区别是，生姜多用于作料，莲花姜则是独具风味的蔬菜。在皖河欲出山尚未出山的那一带低山丘陵地区，每到秋天，莲花姜上市，农家餐桌上便多了一道好菜——青椒丝炒莲花姜。青配紫，让人喜。这道菜好看又好吃，有一股独特的药香味。在皖河的上游大别山腹地，人们习惯于将莲花姜腌成咸菜吃。腌制后的莲花姜味道更好，新鲜莲花姜是有点涩味的，腌制后便没有了。腌制后不但提升了口感，而且延长了食用时间。山里人家腌制了一罐子莲花姜，往往吃上大半年。平时自家人舍不得吃，来客人了，端它上桌便是一碗好菜。

有一年秋天，在鄂西北恩施土家族苗族自治州的利川，意外地吃上了莲花姜。可在那里人家不叫它莲花姜，叫它“元藿”。光听口说，不知道这“元藿”的“藿”是哪个字。当地的朋友解释说，就是那个“葵藿之心”的“藿”，也是“藿香”的“藿”。当然，这个“藿”也就是“藿食能谋”的“藿”了。

朋友还说，元藿也叫阳荷、阳藿和岩荷。它不仅是一道好菜，还是一味好药。它能温中理气，祛风止痛，消肿、活血、散淤，《本草纲目》上有记载呢。

其实，我并不关心它的功能，只喜欢它那特殊的味道。还有，因为它的名字，我对一个生僻的字不再陌生。

于以采蘩。

对于茵陈蒿我并不生疏，吾乡土地上多见这种植物。它是菊科植物，叶似菊花叶，花也似野菊花。嫩苗可采食，清炒做菜，也可揉成汁水掺入米粉做粑粑。清明时节，吾乡人家家都吃蒿子粑粑，这种被称为蒿子的野菜有多种，其中一种便是茵陈蒿。关于茵陈，在吾乡流传这样一句俗语："三月茵陈四月蒿，五月六月当柴烧。"也就是说，这种蒿类植物，幼嫩时才受欢迎。仅在嫩苗时期它才叫茵陈，到了生长发育期，抽出了长长的茎秆，它就被称为蒿子，因为叶上有层白色的茸毛，便叫它白蒿。长大了的茵陈蒿或曰白蒿，与同为菊科的艾

于以采蘩？于沼于沚。于以用之？公侯之事。

于以采蘩？于涧之中。于以用之？公侯之宫。

被之僮僮，夙夜在公。被之祁祁，薄言还归。

蒿，在外形上极为相似。到五六月间，这种草本植物汁水丰满后，筋骨便坚实了，就有些木本植物的特性了，茎秆粗硬，适宜当柴火，还挺旺火的。

将晒干的茵陈蒿当作柴火塞进灶膛里，烧起来有一股特殊的香气，近似艾香。闻着舒服，有些小动物却很怯它。从前的夏夜，乡人在场院里纳凉，总爱在场院一角燃起一个小小的火堆，火堆上青烟袅袅，香气飘飘。有了这种香气，蚊虫们便逃之夭夭，躲得远远的，不敢过来骚扰人。那青烟，那香气，便是茵陈蒿子燃烧发出的。乡人在火堆里面埋了一些干枯的茵陈蒿，为了控制它的燃烧速度，故意在火堆上面撒上一层干燥的沙土。这样一来，在憋屈中燃烧的茵陈蒿，便不见猛烈的火焰，只有源源不断的缓缓的烟气。

近读《诗经》，读到《采蘩》："于以采蘩？于沼于沚。"我注意到《诗经》中这种被先秦人称为"蘩"的植物，好像就是我熟悉的茵陈蒿。我不是植物专家，没有深入研究物种，对于《诗经》中的"蘩"和我身边这种名叫茵陈的植物，只能说好像。我发现，它们的"好像"之处还是蛮多的。生长环境相似，沼泽地里，水边沙洲上。繁殖力也都很强，因为容易繁殖，在《诗经》里它的名字才叫"蘩"；茵陈也是生命力强，真可谓"人手采不尽，春风吹又生"。还有，"蘩"的嫩苗可食，先秦人采回去除了自己食用，还用来敬献鬼神；如今美味的茵陈，也恰是茵陈蒿的幼嫩时态，茵陈蒿长大了便无人食用。我仅仅这么简单理解"蘩"与"茵陈"，无意深入考证。

另外，"蘩"与"茵陈"，这两个名字都是很美的文字。于"繁荣"的"繁"上，冠以草字头，似乎繁荣的程度更胜一筹了。越冬之后，因为土里的陈年老根而发出新芽，这种草本植物名叫“因陈”，因陈而出新嘛。于“因陈”之“因”上，加上草字头，便觉这种蒿草长得更加茂盛了，新苗兴旺，欣欣向荣。

“于以采蘩？”根本不是问题，大江南北，山间水边，哪儿都有。古时候有，现在还有。只是采回去古今用途不一样了。《诗经》里说：“于以用之？公侯之事。”如今的人，采摘春天的茵陈自然是为满足口福，尝那一口鲜。采集秋天的“蒿”干啥用呢？要么用作药材，要么用作柴火，为了身体健康，为了美好生活。

我还是会想起茵陈蒿的，那种生长在春天的野菜。

薄言采芑

某日在微信群里看到一则字谜：人非草木，己在草下。看了半天，没弄明白谜底是啥字，后来有人问是不是“芑”，这才恍然大悟。原来，谜面的前半句只是虚晃一枪，后半句才是正经话。“己”在“草”下，不就是“芑”嘛。

半天整不明白也属正常，它不是一个常用字。“芑”在现代汉语里出场频率不高，一些本该它亮相的场合都由另外两字——“苦菜”替代了。古诗文中多见的“芑”，就是现代人眼里的苦菜，一种苦味的野菜。

第一次遇见“芑”，是在《诗经》里。《小雅·采芑》曰：“薄言采芑，于彼新田，呈此菑亩。”“薄言采芑，于彼新田，于此中乡。”读此诗句，可以想见这样的场面：战士们于行军途中采苦菜，从那片去年刚开垦的新田，转到这块未开垦的处女地。战士们于军营四旁采苦菜，从那片去年刚开垦的新田，转到这边民居附近田野中间。原本写军事演习，却以战士们于田野里“采芑”起兴，冷酷的军事演习竟多出一分诗情画意。

正是从阅读《诗经》开始，将“芑”与“苦菜”关联到一起，且信“芑”生于田间，就是那种在春天里与荠菜相伴相生、一甘一苦的野菜。苦菜只是一个笼统称呼，其实它还有许多具体的名字，在不同地方有不同叫法，诸如“苦苣菜”“曲麻菜”“苣荬菜”“苦丁菜”“活血草”“麻苣苣”“败酱草”。

我见过这种野菜。春天里，家乡田间地头，山坡河畔，经过一个冬天的休眠，几番和风细雨之后，百草苏醒，欣欣然张开了眼睛。远远望去，地上如笼一层薄薄绿烟。俯身看地，新绿当中，有一种野菜叶状如羽毛，叶边有些不太规则的锯齿，众多叶片围绕一个圆心发散开去，如莲花开放。那圆心是野菜根，所有叶片都从根上直接生出来。这种野菜就是乡人眼里的苦菜，明知它苦，偏偏爱吃。人们相信苦尽甘来，苦口益身。每年春天，家家户户都会去野外荒地里采一些苦菜回来尝鲜。

我小时候也曾采过，知道乡人怎么采。大人们采苦菜会带工具，要么一把小铲刀，要么一柄小铁锄。拿铲刀的就用刀面紧贴地面，从根部将苦菜铲起。拿铁锄的是将锄头在苦菜周围浅浅地挖上两三下，将苦菜根挖出一半来。用刀铲的多，用锄挖的少。刀铲无碍，锄挖伤根，影响苦菜来年再生。直接用手拽的话，土质疏松时会将苦菜连根拔起，土地板结时往往只能拽起几片叶子。苦菜汁液丰沛，不论是断在根部还是叶子，伤口上都会流出白色的“奶汁”。手指头蘸上一点，放舌尖上一试，呀，好苦！

采苦菜最好是三月。《礼记·月令》有关于苦菜的记载：“孟夏之月，日在毕……蝼蝈鸣，蚯蚓出，王瓜生，苦菜秀。”到四月苦菜便老了，圆心上抽起茎秆，顶部会开出一朵白花或者黄花。花谢了结成一个球状小果实，果熟裂开，里面冒出一丛丛绒絮物，随风飘扬，落地生根。

我尝过苦菜的滋味，知道苦菜怎么吃，可以清炒、凉拌，还可配以其他食材做成饼和团。在家乡江淮地区，人们喜欢煎苦菜饼子吃。将新鲜苦菜洗净，焯水后捞起，沥干冷却，再用凉水浸泡，可以除掉一些苦味。然后剁成碎末，加鸡蛋和少许淀粉搅拌至糊状，下锅摊成饼。那饼子十分鲜香，苦味若有若无。在皖北宿州，我吃过凉拌苦菜，味道非常清爽。多年前在陕西临潼，我吃过一种苦菜团，口感相当筋道。问朋友那团子是如何做的，朋友说是苦菜焯水后加豆粉、面粉混合而成的。

苦菜作为食材，好吃在其次，人们主要看重它的药用价值。苦菜有清热解毒、凉血止血、祛湿降压等功效，《神农本草经》说苦菜：“味苦，寒，主治五脏邪气，厌谷胃痹，久服安心益气，聪察少卧，轻身耐老。”

回头看那个遥远的生僻字——“芑”，它与苦菜特别契合。那么低调，将自己置身于草芥之下。这大概是苦菜这一普通物种从先秦到现在，存续了两千多年的一个原因吧。

于以采蘋。

己亥之秋，一天上午，我在合肥大蜀山东南面一条小溪边散步。往日特别宁静的小溪畔，这天却有点热闹。狭窄的小溪两岸，站了几名穿橘红色环卫服装的工人，人手一把长竹柄捞鱼网兜。

小溪水面上覆盖了一层绿色漂浮物，溪水被遮掩得严严实实。走近细看，那些绿色漂浮物是浮萍，我非常熟悉的一种水生物。早年家乡的池塘、水沟甚至稻田里都生浮萍，乡人叫它“漂漂子”，它可是一种受欢迎的禽畜鲜饲料，捞回去喂鸡喂猪，往院子里、饲料槽里一倒，鸡呀猪呀都奔过去，一阵哄抢。

环卫工人的劳作，让我停下了脚步。

他们的劳作自然而然让我想起了《诗经》里的句子："于以采蘋？南涧之滨。"尽管我知道《诗经》里的"采蘋"和眼前的环卫工人打捞浮萍可能不是一回事，《诗经》里的"蘋"是生长在水边或者湿地的四叶草，不是漂在水面的浮萍。

心里默念着《诗经》里的句子，忽生一个念头：既然"采蘋"是在"涧之滨"，这溪水之畔兴许也有"蘋"可采呢。于是，我的目光离开环卫工人的劳作身姿，离开覆盖水面的浮萍，移至岸边的草地，想在草地上找到我心目中的"蘋"，那种叶开四瓣的水边野草。

时已深秋，溪畔柳树已有零星黄叶随风飘落。水边草地的底色还是绿的，只有狗尾草的穗子呈现出灰白的色彩。那些毛茸茸的家伙，极似小狗竖起的尾巴，正向秋天示好呢，于秋风中使劲地摇头晃脑。摇摆久了，狗尾草身上的白色籽粒逐渐松动起来，最终一粒粒果实穿着梦的衣裳被一阵强劲的秋风掳掠而去，在另一块肥沃或者贫瘠的土地上扎下根来。

缘溪行，目视水边草地。没走几步，果真在溪边有所发现，一大片四叶草赫然在目。细长的叶柄顶端，排列整齐地生出四瓣叶片，那形貌很像一个镂空的"田"字，所以四叶草也叫田字草，或者十字草、四叶菜。

看到这一大片四叶草，我忍不住兴奋起来。因为四叶草也叫幸运草，谁遇见谁幸运，谁不希望自己是个幸运者呢。传说中的四叶草，四瓣叶片分别代表人一生中非常重要的四样东西：一片叶子代表爱情，一片叶子代表健康，一片叶子代表名誉，一片叶子代表财富。遇见这四样东西，估计人们没有多少理由可以拒绝，谁见了谁欢喜。听说，人们很少有机会遇见

干以采蘋？南涧之滨。于以采藻？于彼行潦。

于以盛之？维筐及管。于以湘之？维锜及釜。

于以奠之？宗室牖下。谁其尸之？有齐季女。

真正的四叶草，许多时候遇见的野草看似四叶，实际上只有三叶。这似乎是在告诉人们，人生难得完美，总会有点小缺憾。这回，在这城市里的小溪边，我遇见的四叶草是不是真正的四叶草呢？蹲下身去，近距离观察水边的四叶草，一数，那些草儿还真的是四片叶子。看来，我真是一个幸运之人啊！这一天，我的心情都很好，就因为见到小溪边那丛真正的四叶草。

又有一天，我在小区里散步，于路边树荫下的草地里看到一片十分眼熟的草本植物。也是长长的叶柄，顶端分生出四片叶子。这也是四叶草吗？它应该生在水边才是啊，怎会生在四周不见水面的地方呢？我怀疑它是另外一种草本植物，看似四叶草而非真正的四叶草。

好在手机上有识别植物的软件，我将手机镜头对准眼前这片熟悉的草叶，手机上果真显示出一个熟悉的名字："四叶草。"或许，这种用作绿化的四叶草，是由野生品种改良而来的，它的生存能力强了，有更为广泛的生存地域。栽种在居民小区里，虽不靠近水面，但只要经常浇水，给它一个相对潮湿的生存环境，它照样存活下来，而且长势繁茂。眼前这片四叶草，看起来比小溪边的那片野草精神多了，葱葱郁郁，一看就知道有人在悉心关照。

这种被人视为幸运草的四叶草，从遥远的先秦，从潮湿的"南涧之滨"，移栽到城市居民小区里，与人共处一方土地。移栽者的用意，是不是希望更多的人共同生活在一个幸运的时空里？

不稂不莠。

前几天，于朋友圈里看到一组有关狗尾草的照片。这朋友不愧为一位优秀的摄影家，拍照时取景的角度和距离、用光的强弱程度都很精准，把握得恰到好处，将一种栖身乡野的草芥带进了艺术的大雅之堂，每一张照片都是一件精美的艺术品。

朋友的这组美图，勾起了我对童年时光的回忆。图中的狗尾草，于我来说，除艺术上的欣赏之外，还有一种邂逅故知的欣喜和亲切感。因为，狗尾草我太熟悉了，它是我童年的好伙伴。我记得家乡的河边地头，凡长草的地方，都有狗尾草。这种野草同大多数草类一样，春荣而冬枯。春夏时节，万物欣欣向荣之时，它没什么特殊，被淹没于波涛汹涌的绿色之中，与千千万万的野草一起，共同构成了季节的一派葱茏。一到秋天，它就与众不同，明显区别于别的野草：腰身渐渐粗起来，肚子渐渐鼓起来，像谷类作物孕育穗子那样，某日早晨突然从隆起的肚子里抽出一根高高的穗来。尔后，在秋日和煦的阳光下，它的穗子渐渐舒展开来，浑身竖起密密麻麻、细若游丝的茸毛。狗尾草穗子形貌很有亲和力，让人一看就想蹲下身子，伸出手去轻轻抚摸它一下。那些毛茸茸的小穗子，于风中轻轻摇曳，令人想起小狗一见人就摆动的尾巴。狗尾草的名字，大概就是这样象形而来的吧。

我小时候，没少亲近和把玩这种野草。秋天，狗尾草的穗子抽出来时，与一群顽童结伴，嘻嘻哈哈地将狗尾草的穗子一根一根地连茎抽拔起来，每人手里握了一大把。顽童们将狗尾草抽拔出来，是因为喜欢，喜欢抚摸狗尾草时那种轻软柔和的手感。除了抚摸，顽童们还将狗尾草的穗子往同伴脸上送，往人脖子上送，让人又是惊吓又是欢喜，惊喜之后竟任人搔挠，不做任何反抗。自然，这种搔挠有时候也出现在顽童自己的脸上，兴许所有顽童都喜欢这种被温柔搔挠的滋味吧。没有别人搔挠，他就自己搔挠自己。

那年头，顽童们采摘野生植物，多半是要受到大人们的劝阻甚至呵斥责骂的。要么因为大人们保护某种野生植物不让糟蹋，要么因为某种野生植物有毒性需让顽童远离。对于顽童们大把采集狗尾草，大人们并不反对，甚至还十分和蔼地说，这东西好玩吧。后来才明白，大人们多不喜欢这东西。这种貌似温柔、令人怜爱的野草，在大人们眼里一点儿也不温柔，一点

大田多稼，既种既戒，既备乃事。
以我覃耜，俶载南亩，播厥百谷。
既庭且硕，曾孙是若。

既方既皂，既坚既好，不稂不莠。
去其螟螣，及其蟊贼，无害我田稚。
田祖有神，秉畀炎火。

儿也不可爱。它们可厉害着呢，性子野得很，敢与庄稼争地盘夺养分。有它们存在，庄稼长势就不会好；它们一多，便会反客为主，把地里的庄稼逼到一边去，弄成一副憔悴不堪的样子，自然无法交出令庄稼人满意的答卷。庄户人家见到它们就会抡起锄头，将其斩草除根，去之而后快。

上学以后，我从老师口中得知狗尾草还有一个文雅的名字：莠。由此我想到了乡人对狗尾草的另外一个称呼：谷莠子。在认识“莠”字之前，我总是想当然地将“谷莠子”理解为同音的“谷有子”。理由是我曾经发现只要有谷子的地方就会有狗尾草，狗尾草可谓是与谷子共生同在。直到某日于课本上遇见一个词语叫“良莠不分”，这才彻底明白“莠”在人心目中不是一个好东西，它是作为“良”的对立面而存在的。那时刻，我就好像一个庄稼人，走到田间地头，见不得庄稼近旁有狗尾草。

告别童年，离开家乡后，我与狗尾草离得远了，好长时间不曾谋面。关于狗尾草的印象，只剩下一个“莠”字。毕竟作为文字的“莠”，是指不好的东西，与“莠”相关的印象，自然也好不到哪里去。

后来读《诗经》，记住了这样一句：“既坚既好，不稂不莠。”方知狗尾草是一种古老的草本植物，三千年前它就存在了；那时不仅有狗尾草，还有它的近亲狼尾草。狼尾草的雅名叫“稂”，它与狗尾草形貌相似，只是个头比狗尾草壮硕，颜色与狗尾草不同。狗尾草的穗子是白色或绿色，狼尾草的穗子更好看些，茸毛尖端是紫色的。我在顽童时代是见过狼尾草的，那种个头大的紫色穗子，我还以为它是长得特别健壮的狗尾草呢。

若干年后一次西北之行，让我对狗尾草又多了一层认识。那是三十年前的事了，我第一次去北方，经由太原坐火车去西安。一路上，我都在透过车窗看黄土高原上的别样风物。在广阔无垠的黄土地上，有一种农作物让我想起久违的狗尾草。它长着与狗尾草极其相似的穗子，只是这种作物秸秆比狗尾草茎秆高大粗壮，穗子也比狗尾草的穗子壮实得多。见到这种农作物，我曾经胡思乱想，以为南方的狗尾草生在北方的黄土地上便成了如此强大的模样。请教同座一位年纪大的旅客，这是一种什么农作物？它的模样特别像狗尾草啊！谁知道同座恰好是一位农艺师，他听我这么一问，不禁哈哈笑起来，说："这事算你问对人了，我已经不止一百次回答过这个问题。这种农作物名叫粟，也就是小米，它模样儿的确很像狗尾草。你还不知道吧，这种名叫粟的粮食作物，最早便是由狗尾草驯化而来。"难怪，它们如此相似呢，原来狗尾草还是粟的远祖呢。正是这种与粮食作物争地的杂草，曾为人类创造了最早的粮食种源，它可是对人类有恩的物种啊！

近年读些闲书，每在书中读到"莠"，我想到的不再是庄稼地里那种令人生厌的杂草，而是一种名叫粟的粮食作物。因而，我便不再将"莠"理解为"良"的反面。我甚至望文生义，自作主张地认为，"莠"，从草，音秀，它就是草中之秀，是一种优秀的草类。不过，这只是我的一厢情愿罢了。书中所见，凡"莠"出现的语句，大都不是什么好话。人们对"莠"的成见似乎太深了。

闲翻《红楼梦》，偶然遇见这么一个眼熟的词语：不稂不莠。那是《红楼梦》第八十四回，贾母和贾政谈论起宝玉的婚事，贾政说了这么几句话：“第一要他自己学好才好，不然，不稂不莠的，反倒耽误了人家的女孩儿，岂不可惜？”这“不稂不莠”显然不是什么好话。当官的老子希望年幼的儿子好好读书，将来有出息，功成名就，光宗耀祖。可是儿子偏偏不争气，不把心思放在学业上，老子的言语间总有些恨铁不成钢的遗憾。

不稂不莠，语出《诗经》，用在《红楼梦》里，从贾政的口中说出来，便与《诗经》里的意思大不同了。

同样是草，长在不同的语言环境里，意味就变了。

薄采其茆。

我吃过莼菜，也见过生长在水里鲜活的莼菜。

吃到莼菜，很偶然，是在千里之外的鄂西。才到恩施，一位当地朋友便向我们推荐恩施名吃，于众多菜名中，我记住了莼菜。或许是因为喜欢莼菜的名字吧，觉得这名字特别好。“莼”，听起来，看起来，都让人想到一个美好的字眼——“纯”，“纯粹”的“纯”，“清纯”的“纯”。谁不喜欢这样的“纯”呢？问朋友，莼菜该在哪儿吃？朋友说，利川的莼菜最有名，吃莼菜最好在利川。次日到了利川，果真吃上了莼菜，第一顿饭便领教了莼菜的滋味。饭店服务生告诉我们，这莼菜不光好吃，还有股浓浓的文化味道，它是一种从《诗经》里走出来的水生草本植物："思乐泮水，薄采其茆。鲁侯戾止，在泮饮酒。""薄采其茆"的"茆"，便是今天的莼菜。

上菜很快，第一道菜便是莼菜。分量很大，有一大盆子，每人分一大碗也分不完。但那是一份豆腐丁子鸡蛋羹啊，哪是莼菜呢？服务生好像从我们脸上看出了疑惑，主动介绍说这就是莼菜豆腐鸡蛋羹，汤盆中的绿叶菜就是野生莼菜。

听服务生这么一说，大家的目光便落在盆中星星点点的绿色上。那盆汤羹还真做得不错，配色又好看，有白有黄有绿。白的是豆腐颗粒，黄的是鸡蛋片儿，绿的就是莼菜了。其实，莼菜不完全是绿色，有的呈紫色。绿色的多是摊开的叶片，紫色的则是卷起的叶子，有点像漂浮在茶杯里没有泡开的茶叶。

看相满足视觉，味道满足味觉。品尝过程中，特别在意那点绿色或者紫色的味道。偏偏那点东西好像没什么特殊味道，如果不是有一点点滑溜溜的感觉，在这盆汤羹中几乎感觉不到莼菜的存在。

之后，在利川境内行走，多次于河沟与水塘边被当地朋友指认，这就是莼菜，那就是莼菜。看到那些紧贴水面上的椭圆形绿叶，我惊讶了。原来莼菜就是这玩意啊，我可见得早了，见得多了，家乡的水塘里到处都是。当然，那是从前，该是四十年前，家乡的大小水面上都有这类水生植物，池塘里有，水沟里有，甚至稻田里也有。现在是见不到了。

莼菜的叶子正反两面有两种颜色，正面是绿色，反面是紫色。平常看到的都是绿色，只有某些叶子被掀起时，才能看到它背面的紫色。那天，在利川看到水塘里的莼菜，看到那些绿

思乐泮水，薄采其茆。鲁侯戾止，在泮饮酒。
既饮旨酒，永锡难老。顺彼长道，屈此群丑。

思乐泮水，薄采其茆。鲁侯戾止，在泮饮酒。
既饮旨酒，永锡难老。顺彼长道，屈此群丑。

穆穆鲁侯，敬明其德。敬慎威仪，维民之则。
允文允武，昭假烈祖。靡有不孝，自求伊祜。

色或者紫色的文弱秀气的叶子，我的胃里突然有些不舒服。胃里不舒服是因为想起了从前，家乡水面上的莼菜根本不是人吃的菜蔬，都是从水里捞起来直接扔进猪食槽里喂猪的。如今的猪自然是没有当年那种口福了，莼菜已成为让人稀罕的美味佳肴，轮不到猪们食之不知甘味。

莼菜这种东西果真如从前那些年都从水里捞起来给猪吃，也不能说是糟蹋了天赐美物。猪承天恩，也承人的善意。

在古人眼里，莼菜最勾人，令人起乡愁。《晋书·张翰传》记载："翰因见秋风起，乃思吴中菰菜、莼羹、鲈鱼脍。曰：'人生贵得适志，何能羁宦数千里以要名爵乎！'遂命驾而归。"成语莼羹鲈脍的典故即源于此，莼菜鲈鱼相提并论，佳肴味美，引发游子思乡之心。

是的，在利川吃了莼菜，又看到了生长在利川水域里的莼菜，我便想起了家乡，想起了在家乡那些熟悉的水面上曾经有过的莼菜。那一刻，我巴不得立即启程，一脚跨回家乡去。

只想回家，不为莼菜。

荏菽旆旆。

在《诗经·大雅·生民》中读到："蓺之荏菽，荏菽旆旆。"我立刻想起了大豆，这种与我日常生活密不可分的粮食作物。想起昨天晚上才吃过的那一大盘绿色毛豆米，想起今天早晨刚刚喝下的那一大杯鲜香可口的乳白色浓稠豆浆，还有我一向爱吃的如山水相间黑白分明的鳙鱼头烧豆腐。偶尔静想，好像我这些年是在跟大豆一块过日子，一日三餐和大豆形影不离。

在我的家乡，没人叫它大豆，都叫它黄豆。黄豆这名字很好理解，椭圆光滑的豆粒，通体金黄。小时候，是在那个打破砂锅问到底的淘气年纪，我记不清在什么场合问过身边某位大人，黄豆为何叫大豆？可能这个问题难倒人家了，那位大人极爱面子，不愿意被一个小孩子问到张口结舌答不上来，便给了一个似乎也说得过去的答案——因为黄豆不是小豆子，所以叫它大豆。的确，黄豆的个头比红豆和绿豆大，但也不是豆中最大个啊，蚕豆的个头就比黄豆大。

不过,这个原本用于敷衍塞责的答案对我还是有所启发的。当时，我曾顺着这个思路想下去，好像也找到了自己想要的答案：既有大小之分，就有主次之别。重要的东西肯定被人放在主要位置，不重要的东西才会放在次要位置。大概黄豆是一种非常重要的豆类作物，所以在某些地方人们叫它大豆。

我很满意我的这种理解，后来便没有再去深究黄豆为什么叫大豆。我至今还认为，大豆之“大”，源于它的重要性。这好像暗合了今人的语言习惯，凡是特别重要的，或者特别喜爱的，总要在名称前面特地加上一个“大”字，予以强调。比如，我和我的乡亲们一样，都非常爱我们的家乡，说话时就会自觉不自觉地在家乡的名字之前加上一个“大”字。

我对黄豆印象深刻。在我的家乡耕地相当金贵，上辈人绝不会浪费耕地，当年凡能种水稻的地方都种了水稻，一年还得种两季。水稻是主打作物，人们赖以活命的主粮。黄豆呢，多是种在各家各户的菜园地里。很显然，它是被视为蔬菜的。我记得，有些年生产队也种过黄豆，没舍得用稻田种，那些黄豆就种在田埂上。在有限的田亩之外种植黄豆，自然有了额外收获。秋天，生产队把黄豆收割了，脱粒，晒干，而后分配给社员，各家各户领得三五升黄豆，都乐滋滋地拿回家放在瓦罐里

诞实匍匐，克岐克嶷，以就口食。蓺之荏菽，荏菽旆旆。禾役穟穟，麻麦幪幪，瓜瓞唪唪。

诞后稷之穑，有相之道。茀厥丰草，种之黄茂。实方实苞，实种实褎。实发实秀，实坚实好。实颖实栗，即有邰家室。

诞降嘉种，维秬维秠，维穈维芑。恒之秬秠，是获是亩。恒之穈芑，是任是负，以归肇祀。

储存。对了，吾乡人叫它黄豆而非大豆，这或许也是原因之一吧。这种作物量太少，在乡人心目中占不了太重要的位置，不能言其大，只得按照它的肤色让它姓黄。

物以稀为贵。家乡黄豆少，乡人特别看重。自家菜园地里种的那几棵黄豆，哪怕豆荚饱满了，也很少提前摘回来吃青毛豆，除非家里来了重要客人，需加一碗时令菜。当然，赶上重要节日也会破例。中秋节，恰好黄豆满荚，饭桌上总会有一碗平时难得一见的菜肴，切碎的新鲜红辣椒炒半青半黄的毛豆米。丰富的色彩，鲜美的味道，烘托出浓浓的节日气氛。

在许多人家，每年收获不多的黄豆，平时舍不得吃，总要等到过年再吃。腊月里，乡人置办年货，豆腐千张必不可少，家家户户都会做。将瓦罐子从某个角落里拿出来，哗啦啦倒出干黄豆，放在木桶里加清水浸泡，约一天一夜后，黄豆便发开了，颗粒肿胀，甚至分成两瓣，原先坚硬的黄豆变得质地柔软，两指一捻就烂成豆泥。这时候将其一勺一勺地喂进石磨的洞口里，一圈圈转动石磨，在石磨周围便溢出雪白的浆汁。生黄豆浆汁有一股特殊的腥味，可能那就是所谓的豆腥味吧。许多食物都是生腥而熟香，黄豆也是这样。将磨好的黄豆汁液放在大铁锅里煮开，满屋子都是黄豆的鲜香味。

豆腐这东西，如今看来也不过小菜一碟，可在那一段特殊的年代里，它可稀罕了，一些人家一年吃不到几次，并不是如今人们所说的“青菜豆腐”那般稀松平常。过了那些年，情况有所好转，后面的日子里想吃啥都能随时吃上。

好东西吃多了也会腻的，对豆腐千张我有过这样的记忆。早年我在大别山区一个小镇上生活过几年，那地方买不了蔬菜，只能买到猪肉和豆腐千张。猪肉不能天天吃，一月几十元薪水供不上天天吃肉，只好买豆腐千张。天天吃同样的东西，好东西也能吃到败胃，让人厌烦。

中间也有几年，豆腐千张吃得少。人们多不愿意吃，那东西不是从前的味了。原因是黄豆变了，黄豆种子变了。如今不是自家留种，都是在市场上买的种子。后来听到一种说法，中国最好的大豆在黑龙江，黑龙江最好的大豆在黑河。现在想想，这话极有可能是黑河人乃至黑龙江人说的。不过，给自己的优质农产品做广告，让更多的人分享到美味，口气大一些也不为过。我信了这话，果真去了一趟黑龙江，去了黑河，吃到了传说中的黑河大豆。那一杯豆浆真的与众不同，鲜香味沁人心脾；那一块卤水老豆腐，果真还是从前的味道。我从黑河回来，通过快递的方式买了好几次黑河大豆。

说了半天黄豆、大豆，陡然想起一首与豆子有关的诗："煮豆燃豆萁，豆在釜中泣。本是同根生，相煎何太急。"这是曹植的七步诗，言在豆意却不在豆。不在曹植当年的处境里，见煮豆燃萁，不会有七步诗的感觉。看到灶膛里燃烧得噼噼啪啪的旺火，还以为那是黄豆正开花呢。花开是有声音的，花到开时必定是快乐的，乐得心花怒放啊。

关于黄豆的花，我还真是忽视了，在我记忆里硬是找不到黄豆开花的明晰印象。不像蚕豆，我记得十分真切，开很好看的紫色花，如蝴蝶一般美丽而灵动。黄豆花定是太不起眼，或许就是那种细小的白色花，并不引人注目。大朵的花，浓艳的花，一开就很显眼，不至于被人忽视。水稻和小麦也会开花，稻花和麦花是个啥模样，专业人士外，能说出子丑寅卯的，肯定不多。自以为跟稻子和麦子混得够熟了，我却无法准确描述稻花和麦花。

至于大豆的小白花，我无法说得精准，或也情有可原吧。

十月获稻。

读《诗经·豳风·七月》，我牢牢记住了这句：“八月剥枣，十月获稻。”句中一个“稻”字，怦然触动了我心头最柔软的部位。

我出生于稻米之乡，一路吃着稻米长大，对于稻米自然不会陌生，总有一种亲近之情。不往深处说，单从字面上来说吧，“稻”，它为何被写成这个样子？看这个字的左半边便知道它是什么，是禾苗，一种重要的农作物。看这个字的右半边便对它的读音猜出个八九不离十，“舀”，读音之外还让人想到一只手在石臼口上出入。这是一种古老的劳作啊，由稻变米，在相当长的一个历史时期内它都是在石臼里完成的。在石臼里舂稻除壳，总是需要人伸手进去搅拌，使其均匀。手在石臼里出入，可是一件非常危险的事情，弄不好就会被自上而下坠落的杵臼砸个血肉模糊。

其实，最难的还不是将稻谷变成米，而是由禾苗变成稻谷。在禾苗变成稻谷的漫长过程中，禾苗落地是第一个难题。从前栽插水稻秧苗完全靠手工，人弯腰伏在泥水上方，左手握秧苗，右手栽插，插好一行，便后退半步。连贯起来看，插秧的过程便是倒着爬行。这种劳作态度是极为虔诚的，人在稻子面前，简直到了卑躬屈膝的地步。

少年时代我曾经跟着大人学习过这种劳作，苦和累姑且不说，单是这一份虔诚，就给我留下了刻骨铭心的印象。后来的任何时刻，任何场合，我始终对稻米深怀敬意。在我很小的时候，祖母就教导我珍惜每一粒米，捡食洒落在桌上的饭粒。祖母要我记住，糟蹋米粮是要受天谴的，遭雷打头。我对稻米视同性命，敬若神明。稻米滋养我的生命，也滋养了我的灵魂。

由禾苗到稻谷的成长过程，真的不是一帆风顺。有一年，早稻快成熟时，稻穗都已呈现出令人欣喜的金黄，陡然来了一场特大暴风雨。风借雨势，宛如恶龙，在田野上肆虐，撒泼打滚，把一大片即将收获的水稻摁倒在地。成熟的稻穗倒地后，浸泡在泥水中。雨刚停，几个年纪大的乡亲便急不可耐地走到田头，看着满地倒伏的稻穗，蹲在地上痛哭。因为那场暴风雨，那年村里的人不得不勒紧了裤腰带。吃过那次亏，乡亲们便变得聪明起来，四处打听有没有一种秸秆结实坚挺的水稻，暴风雨摁不倒它。果真被他们找到了新品种，引进了一种秸秆粗壮个头低矮的水稻。后来，乡亲们也曾遇见几次很大的暴风雨，

六月食郁及薁，七月亨葵及菽。八月剥枣，
十月获稻。为此春酒，以介眉寿。七月食瓜，
八月断壶，九月叔苴。采荼薪樗，食我农夫。

九月筑场圃，十月纳禾稼。黍稷重穋，禾麻菽麦。
嗟我农夫，我稼既同，上入执宫功。昼尔于茅，
宵尔索绹。亟其乘屋，其始播百谷。

但再没出现那种全面倒伏的情形。

离开家乡后，我曾在大别山的一个山区生活多年。山上海拔高，气温低，对水稻生产不利，每年只种一季水稻。有一年秋天，气温降得快了一些，山冲梯田里的水稻停止灌浆。随后，冷空气过去，气温回升，水稻却耍起脾气来，不愿意再次启动灌浆程序。结果到它们该低头的时候，那满野的水稻竟然都是昂首朝天。因为那一次，我知道了有一种水稻的自然灾害叫“青封”。

还有一次，天气该热时不热，恰逢水稻打苞，稻壳发育不良，长得不够大。之后水稻抽穗扬花灌浆的那段日子，天气却出奇地晴好，气温比往常高，有利于水稻灌浆。稻谷成熟时，许多稻壳裂开了，白色的米粒冒出壳外。不过，那是一场虚惊，种水稻的人不仅没有减产，反而增加了产量。

水稻真是一种让人牵肠挂肚的植物，甚至牵动着整个社会的神经。我跟水稻的关系说来也怪，并不是水稻单方面对我有恩那么简单。水稻养我生命，这是不争的事实。而我这几十年也一直在为水稻服务，有直接服务，也有间接服务。这些年我所做的工作，几乎都与水稻有或多或少的关系。我看见水稻就感到亲切，水稻若是有知，它见到我也一定觉得亲切吧。

我亲水稻是有明显表现的。饭桌上吃了再多菜肴，包括面点，只要未吃米饭，就感觉这顿饭没吃。这种饮食习惯，在许多场合早已不合时宜，可我无法改变。既然改不了，又何必勉为其难呢。不改了，由着它去。

采苓采苓。

在《诗经》里读到：“采苓采苓，首阳之巅。”关于句中的“苓”，书上有两种解释：一说“苓”是“莲”，理由是“苓”通“怜”，而“怜”又与“莲”同音，故“采苓”就是“采莲”。还有一说，“苓”是“甘草”。说得很肯定，叫人毋庸置疑，干脆连理由都省略了。

这两种解释我都不愿意采信，见到“苓”，我便自然而然地想到一种中草药——茯苓。《诗经》里的“采苓”，在我看来，采的不是莲，也不是甘草，而是茯苓。

莲生于水，采莲应去水里而非山上。甘草生于北方沙地，高山之巅也不是甘草的栖身之所。唯采茯苓可信。茯苓是一种寄生于松树根部的菌类植物，首阳山上多松树，在那儿采到茯苓是有可能的。

关于茯苓，我接触得比较早。小时候住在乡下，老宅附近是大队部的大院子，土砖砌墙的大院子里有个卫生所，村民们有小病小痛都去那个大院里寻医问药。那年头，大队卫生所里的药品以中草药为主。为防止药材霉变生虫，大院里经常晾晒药材。好奇的顽童时常在大院里转悠，看看这种药材，又看看那种药材，遇见卫生所的医生在场，还会问问医生这是什么药那是什么药，由此长了不少见识，知道了世间有黄连的苦甘草的甜茯苓的白。

有一次，我在一篮正在晾晒的药材前流连忘返。原因是那些药材与众不同，太好看了。它们被切成了方方正正的六面体，颜色雪白，很像我小时候爱吃的方片糯米糕，也像我家乡的另外一种食材——水洗山芋粉，是晒干的白色淀粉块。我伸手到竹篾篮里捞起一块放在鼻子下嗅了嗅，没嗅出方片糯米糕的甜味，也没嗅出山芋淀粉的香气。我这才相信它是地地道道的药材，而不是食品或食材。它是何种药材呢？问了卫生所里的赤脚医生，被告知那是茯苓。

二十世纪八九十年代，我在大别山腹地里的岳西县生活过几年。那年头，岳西农村许多人家都在经营一种传统副业：种茯苓。后来，我才知道岳西县是国家有名的茯苓生产基地。

岳西县是纯山区地貌，境内山高岭陡，少有平地，人均耕地面积很少，种植稻麦作物产量很低，山民们不得不在种地之外找门路做副业，贴补家用。许多人家都在自家房前屋后挖出几个土坑，每个土坑里放进二三十公斤的新鲜松木段。然后，

采苓采苓，首阳之巅。人之为言，苟亦无信。
舍旃舍旃，苟亦无然。人之为言，胡得焉？

采苦采苦，首阳之下。人之为言，苟亦无与。
舍旃舍旃，苟亦无然。人之为言，胡得焉？

采葑采葑，首阳之东。人之为言，苟亦无从。
舍旃舍旃，苟亦无然。人之为言，胡得焉？

在松木段的接头缝隙处插进菌种。最后，用土将坑里的松木盖上，土堆的顶部要高出周围地面，做成龟背形，以便排水。一年后，将土堆扒开，从坑里取出原先埋下的松木，此时的松木差不多已成废料，但山农们的目的是摘取长在松木端头的一些类似于薯芋的褐色块状物。

这种挖坑埋松木的生产劳作叫作窖茯苓，次年从松木上采摘下来的褐色块状物就是茯苓。问山农，茯苓不是白色的吗？这些怎么都是褐色的呢？山农憨厚一笑，解释说，皮是褐色的，去皮后的茯苓内瓤是白色的。将茯苓切块，晒干，便可入药了。

之前我并不知道茯苓从何而来。到了岳西山上的茯苓窖边我才明白，原来茯苓生于松木。没有松木便没有茯苓，松木是茯苓的母本。我还从山农口中了解到，野生茯苓必定出自松树底下。有经验的山农走到松树底下，一眼便能看出哪儿有野生茯苓。山农说，茯苓有灵气，土里有茯苓，地面上必有一些如梦似幻的黄色丝状物生于草莽之中。

我回来查找资料，果真于典籍中找到了类似的说法。《本草纲目》曰："茯苓，《史记·龟策传》作伏灵。盖松之神灵之气伏结而成，故谓之伏灵、伏神也。《仙经》言：伏灵大如拳者，佩之令百鬼消灭，则神灵之气，亦可征矣。俗作苓者，传下有伏灵，上有菟丝，故又名伏兔。"《淮南子》上亦有记载："千年之松，下有茯苓，上有菟丝。"许多典籍上都提到茯苓有一股灵气。深埋土里的茯苓，吐出灵气，长成好看的丝丝袅袅，告诉人此处不是平凡之地，可能藏有宝贝，令人动手搜寻。

作为一种中药材，我总觉得茯苓身上笼罩着一层神秘的面纱，是一种有灵气的少见物种。

实际上也不尽然，在某些场合茯苓是寻常物，浑身烟火味。有一次出差到北京，在首都机场候机时想起来该买点北京土特产带回去，便于机场里的土特产商店里转了转，发现一种北京糕点挺有意思。它是巴掌大的圆形片状物，颜色雪白，片薄如纸，分取一片，入口嚼有甜味，隐隐有一股药香气。它的名字叫茯苓糕，难怪它跟茯苓块一样的白。那糕点以茯苓粉和面粉做成，传说还是慈禧的爱物，后来传入民间，成为京华风味小吃。

原来，茯苓这种有灵性的药材，也会被做成又美观又美味的食品，从而成为老少咸宜之物。

言采其蕨。

夏天某个周日，在家闲暇无事，约两位朋友到小区门口的小饭馆里就饭聊天。没点菜，由服务生看着配，够吃就行。

第一批上桌的是两碟凉菜，颜色搭配巧妙，一白一黑。白的是用醋泡的白色花生仁，黑的是放有剁椒蒜泥的黑色粉丝。赤裸裸的花生仁，一目了然，无须多看。黑粉丝有些眼生，与平常所吃的绿豆粉丝、红薯粉丝不同，细看，还不是真正的黑色，是一种很深的酱紫色，深到近乎黑。

服务生说，这可不是红薯粉丝，它是山中野味，蕨根粉丝。原来，这小饭馆老板是六安人，他最擅长做六安土菜，

喓喓草虫，趯趯阜螽。未见君子，忧心忡忡。
亦既见止，亦既觏止，我心则降。

陟彼南山，言采其蕨。未见君子，忧心惙惙。
亦既见止，亦既觏止，我心则说。

陟彼南山，言采其薇。未见君子，我心伤悲。
亦既见止，亦既觏止，我心则夷。

许多食材都来自他的家乡大别山中。

服务生说到“蕨根”，我便明白了那是蕨菜的根。蕨菜是一种野生植物，在大别山里随处可见，即便在山外我的家乡也偶尔有见。它长着排列整齐对生的细小叶子，与南方凤凰木的叶形相似，只是块头小很多。

我对“蕨”的印象，最早来自祖母讲的故事。那故事很简单，说有一年里闹过一场惊天地泣鬼神的大饥荒，饿疯了的人们就胡乱啃树皮嚼草根，山上的蕨根都挖完了。那是我第一次听到“蕨根”这个词，当时不知它为何物。问祖母，祖母说那是一种壮实的块状草根，吃起来很脆，不难入口，易饱肚子。

我当时很不以为然，吃草根有什么稀奇，我小时候不也吃过草根吗？那种白白胖胖竹节似的茅草根，洗干净，放在嘴里一嚼，甜丝丝的，怪可口的。当年的小伙伴们，总爱结伴去河边沙土地上拔那种白色的茅草根。我没见过蕨根，听祖母说她吃过蕨根，很想见识一下蕨根，有机会也尝一尝蕨根的滋味。后来，人长大了，成天忙忙碌碌，儿时那点小小的心愿早忘得一干二净，一直未见着蕨根，更未尝到蕨根的滋味。

没想到，几十年后，在远离家乡远离大别山区的省会城市，一个小饭馆里遇见了蕨根。虽然那碟黑粉丝并不是蕨根的真身原形，但既是蕨根粉丝，就该是蕨根的化身啊！

不约而同，和朋友们一起，第一筷子自然落在那碟蕨根粉丝上。一捞，还不是容易的事。蕨根粉丝太滑溜了，随随便便捞不起来。面对这种“狡猾”的家伙，得有耐心，不能硬来。两根筷子松一松，不再紧夹，捞捞放放，蕨根粉丝好像有点不好意思过于执拗，半推半就跟着筷子起身了。

到嘴一尝，味道还真不错，比普通粉丝吃起来更加清爽。含在嘴里，对其味道删繁就简，去伪存真，还是尝到了一点点来自空山幽谷里微弱回音般的苦涩。淡淡的苦涩过后，也有一点点来自山野的清香。这大概就是蕨根粉丝的精华所在吧。由此，我便可以想象祖母当年啃蕨根的滋味，没有经过加工的蕨根，苦涩的程度肯定是明显的。祖母没说蕨根味苦，只说它不难入口，这是有感恩之心在，正所谓过井不唾。可惜啊，祖母一生并没有过上几天好日子。她肯定不知道，蕨根还能这样吃。

一口蕨根粉丝落肚，我忽然想起《诗经》里的句子：“陟彼南山，言采其蕨。未见君子，忧心惙惙。”陡然意识到吃在嘴里的蕨是一种古老的野菜，三千年前就被人采食。那个先秦的女子，一步一步登上南山之顶，说是采蕨菜，实则在等她的心上人。左等右等，不见她的心上人，女子心里忧戚苦涩。那苦涩的滋味，是不是如同这蕨根的苦涩呢？

对了，提起蕨菜，我想起来了，家里还有一束干蕨菜呢，是去年秋天在庐江县汤池山区一个名叫大山村的村子里买的，同时买的还有一袋葛根粉。买的时候，二者都被我视为山珍。回来后，葛根粉早早吃了，怕留久了会坏掉。干枯如柴火的蕨菜不会坏的，便放心留存，时间一长竟忘了。

回家找出那束褐色的干蕨菜，放在清水里浸泡发开。泡发一会，蕨菜的身子开始柔软，盆里的清水开始变色，由无色变成近似蕨菜的浅褐色。这时，原本弯曲的蕨菜渐渐伸展开来，在蕨菜茎秆顶端显示出如花似芽卷曲的嫩头。看它这个样子，我便想起蕨菜的几个别名来：猫爪、拳头菜、龙头菜，这几个别名都非常形象贴切地描述了蕨菜的状貌特点。

这种干菜不宜做凉菜吃，适合做炒菜。切至寸长，伴以黑木耳、肉片炒之，荤素搭配，味道还真不错，隐隐有山野风的清新。不过，这种野菜只能偶尔尝鲜，不宜多吃。蕨菜中含有一种叫原蕨苷的成分，特别是幼嫩部分含量更高，而原蕨苷被世界卫生组织评为 3 类致癌物。既然存在风险，味道再美，也别多食，还是浅尝辄止为好。

不宜多吃的蕨菜，模样儿却特别可人，适宜多多观赏。我每次去大别山里，总会在路边寻找那种羽翼般对生的细小椭圆形草叶，找到了便一阵欣喜，呀，蕨菜！好像见到了久违的老朋友。

秋天，在合肥护城河外庐州公园里散步，于路边草地里发现了一种熟悉的野草，一眼就认出它是蕨菜。原来，在南山之南，千里之外的江淮平原上也能长出蕨菜，只是未遇见那个采蕨菜的先秦女子。即便见到她了，也不许她在这个城市公园里采蕨菜。她该等谁就等谁吧，公园里的蕨菜只能看不能采。

多好看的蕨菜啊！它是公园里的一景，人人都该爱护。就算冲着这丛蕨菜从先秦走来，一路上历尽千辛万苦，走了三千年，也请你别采这个公园里的蕨菜。要采，还是回到南山上采吧。或者，去附近的大别山里。

献羔祭韭

闲暇读《诗经》，在《豳风·七月》里读到："二之日凿冰冲冲，三之日纳于凌阴，四之日其蚤，献羔祭韭。"偶然发现，韭菜，这种常见的草本植物，早在先秦时期就是一种受人欢迎的野菜。先秦人爱食用，料定神灵亦爱享用，便拿韭菜来祭祀祖先。

一眨眼时光过去三千年，韭菜仍是受人欢迎的美食。我从小爱吃韭菜，尤其是春天的嫩韭菜。人在中年，犹记年少时。过了正月十五，日头渐渐回力。池塘面上那层玻璃盖子被阳光掀开，水面上漾起微笑的波纹。地面潮湿，园子里坚硬的菜畦忽然柔软起来。菜地里有一种类似麦苗的蔬菜，远没有麦苗那么抗寒耐冻。被冰雪覆盖的麦苗依然青翠，这种貌似麦苗的蔬菜却做不到，经过冰雪之前的几次霜冻，它就蔫了，变成摊在地上的枯草。待冰雪消融，地上的枯草几成土色，太阳一晒，形体收缩，难以显现。

天气持续晴好，菜园空地上便有故事发生，平白无故地冒出一丛丛碧绿的嫩草芽来。草芽一天一个样子，不几日，那块菜畦就跟附近的麦地近似了，地面上有一丛丛绿油油的草苗儿。这种看似麦苗的草苗儿，就是韭菜，春天的第一茬韭菜。

春天的韭菜特别娇嫩，绿色皮肤下面都是丰盈的汁水，吃起来格外鲜香。清炒好吃，配鸡蛋一块炒，更是一道好菜，好吃又好看。

我爱吃饺子，多半时候，饺子馅里都有韭菜。要么是素馅，是绿色的韭菜与白色的马蹄或者红色的胡萝卜一起剁成馅泥；要么是荤馅，直接将韭菜与鲜肉一起剁成馅。我爱吃韭菜煎饼，薄薄的煎饼，几乎透明，看得见镶嵌于面粉中根根细长的韭菜。

我还吃过韭菜馅饼和韭菜盒子，那都是以韭菜、鸡蛋为馅料的面食。韭菜馅饼是发面食品，如同包子、馒头。只不过包子、馒头是蒸出来的，馅饼则是贴在锅里炕出来的。做韭菜盒子的面往往不需发酵，直接擀成面皮，如饺子皮一般，放进馅料，而后折叠成四方盒子，贴热锅上，温火炕至两面焦黄。

小时候住在乡下，在许多正规场合必有韭菜做的菜肴。比如小孩子的三朝宴，还有婚宴和寿宴，甚至招待重要客人的饭局，都离不开韭菜。见得多的是韭菜炒千张、韭菜炒粉丝。桌上人们取菜时，故意将夹取的千张或粉丝高高挑起，拖起长长

九月筑场圃，十月纳禾稼。黍稷重穋，禾麻菽麦。嗟我农夫，我稼既同，上入执宫功。昼尔于茅，宵尔索绹。亟其乘屋，其始播百谷。

二之日凿冰冲冲，三之日纳于凌阴。四之日其蚤，献羔祭韭。九月肃霜，十月涤场。朋酒斯飨，曰杀羔羊。跻彼公堂，称彼兕觥，万寿无疆。

的丝条，寓意长长久久。

其实，人们喜欢韭菜，不只因为它的味道和名字，还在于韭菜的生命力强。“野火烧不尽，春风吹又生。”说的是野草，韭菜比一般的野草顽强得多，无须等到来年的春风吹拂，韭菜割了一茬又生出一茬，一年可以收割好几茬。所以，韭菜有一个可爱的别名：懒人菜。一次播种，多次收获，多好的蔬菜啊！

懒人菜外，韭菜还有多个别名，主要因为它良好的营养功能吧，诸如起阳草、壮阳草、长寿草，还有救命菜。起阳草和壮阳草之说，来源无从考证，姑且听之。长寿草之说，则可作两种理解：一种理解是韭菜营养丰富，益于养生，适量食用，使人长寿；另外一种理解是韭菜割了又生，越冬不死，本身就是一种长寿草本。

至于救命菜，则是有典故的。如今在皖北亳州谯城区张店乡泥店村一带，当地老百姓还爱称韭菜为救命菜。原因是当年此地随手可采的野韭菜，曾经救过一个重要人物的命，这个人的存活改变了历史的走向，他就是东汉皇帝刘秀。

相传，西汉末年，王莽篡位，汉室后裔刘秀为复兴汉室，起兵讨伐王莽。在一次大战中，刘秀兵败，官兵死伤大半，余部作鸟兽散。遭人追杀的刘秀慌不择路，只顾策马狂奔，跑了一天一夜，来到一处村寨，即现在的亳州泥店村。刘秀饥渴疲乏，下马后无法站立，伏在地上爬向一家茅草庵，推门出声，向人求救。茅草庵主人夏老汉闻声而出，见刘秀盔甲闪亮，相貌堂堂，觉得此人非同一般，便把刘秀扶进庵中。庵中清贫，时常断炊，夏老汉别无办法，只好到庵外摘来野菜烹煮熟了给刘秀吃。饥不择食的刘秀狼吞虎咽连吃了三碗野菜，这才回过神来，问老汉这么好吃的菜蔬叫什么名字。老汉如实相告，是长在河滩沙地上无人问津的野韭菜。刘秀把“韭菜”听成了“救菜”，万分感激地说，难怪它能救我的命，原来它本身就是“救命之菜”。

后来刘秀称帝，天下太平。某一日刘秀忽想起当年在泥店吃过的“救菜”，便命人前去采摘，又命御厨精心烹炒。锦衣玉食的万岁爷觉得这种野草味道更加可口，便封夏老汉为“百户”，赐土地千亩，专门种植“救菜”，供皇宫食用。亳州泥店人听说韭菜曾救过皇帝的命，又成为贡品，才知道当地野韭菜是好东西，纷纷从野外收取韭菜种子，家家户户广种韭菜。大家不约而同地遵照皇帝的说法，改称韭菜为“救菜”。

故事真假难辨，但有两点我是信的。一则韭菜是好东西，人吃了有好处，吃对了还能治病；二则亳州泥店那地方土壤气候适宜韭菜生长，当年极有可能是遍地野生韭菜。

提起韭菜，我又想起杜甫的诗句：“夜雨剪春韭，新炊间黄粱。”春日夜间，主人冒雨剪回来的鲜嫩韭菜，加上一碗新煮的黄米饭，让饱受离乱之苦的诗人杜甫感慨不已。试想，假如没有那碗翠绿的韭菜，仅有一碗干巴巴的黄米饭，杜甫还能写出如此让人胃口大开的诗句吗？

采采芣苢

。

秋日里，在合肥城西蜀峰湾公园散步。走在湖中一座圆形小岛上，被一片眼熟的草本植物叫停了脚步，对它们行了一个加长版的注目礼。

那是一片个头并不高大的野草，却长着宽大的叶子。宽过两指并拢的叶子，长也足有一指。叶子并不厚实，纸一般半透明，看上去却有韧性。表面光滑有蜡质光泽，还有些直列的棱纹。在叶的根部抽出一根三五寸长的筷子粗细的穗子，穗子周围附着密密麻麻细小的褐色籽粒。

车前草。这三个字虽未出口成声，我还是在第一时间点了它的名。由这种草

采采芣苢，薄言采之。
采采芣苢，薄言有之。

采采芣苢，薄言掇之。
采采芣苢，薄言捋之。

采采芣苢，薄言袺之。
采采芣苢，薄言襭之。

本植物名字，想到《诗经》句子："采采芣苢，薄言采之。"眼前似乎出现一群先秦女子，在刚刚返青的草地上弯腰采野菜的劳作场面。

将《诗经》里的"芣苢"与身边的车前草关联起来，可不是现在的事。在结识《诗经》之前，我就先认识了车前草。于《诗经》中读到"芣苢"，我当然知道它是什么。四十年前，我家老宅房前屋后路边草地上，车前草的身影几乎随处可见。这些年回到家乡，倒是没有见到。

我很早就知道，这种名叫车前草的野草是药材。应该是在学龄前吧，有一年夏天，我都记不清当时是怎么不好过了（乡人称生病为不好过），哼哼唧唧的，祖母急了，硬是灌我一碗深褐色的汤药。祖母说喝下它，就不会不好过了。我皱着眉头喝下了那碗汤药，味道怪怪的，比以前喝过的焦茶难喝多了，说酸不酸，说甜不甜，说苦不苦。那次好像连喝了三天，一天一大碗。当时，定是见效了，否则祖母这个乡村土郎中才不会罢手，还会接着灌。

从前，村里人每到春天都会去河边沙地上挖野菜，多是地米菜、苦苦菜及青蒿之类，没见过谁家整篮整筐地挖回车前草。可能大家都知道车前草是药材，当野菜挖回去喂猪实在太可惜了，会辜负上天的一片好意。药书记载：车前草具有利尿、清热、明目、祛痰等功效。

车前草还有许多别名：当道、马舄、牛遗，有些地方叫它牛舌草。从这些别名上，可以大致猜想到车前草名字的来历了，它一定与牛马相关。凡是有牛马走过的地方，就会有它的存在。一方面，它是牛马喜爱的新鲜草料，生长在牛马可能经过的地方，是为满足牛马的口腹而存在；另一方面，车前草的繁衍得益于牛马走南闯北的奔波，牛马的蹄脚将车前草的种子从一个地方携带到另一个地方，铺展到许许多多的地方，所以车前草多是生在路边，有牛马脚印的地方。

后来，在一本书上看到一个关于车前草名字的传奇故事。相传汉代名将马武，一次出征，因地形生疏打了败仗，被敌围困。时值盛夏，又遇天旱日久无雨，许多军士和战马因缺少饮水得了“尿血症”，人马都痛苦难忍。一名马夫偶然发现有三匹曾患“尿血症”的马不治而愈，非常奇怪。他经过观察发现，原来这三匹马都啃食了宿营地上一大块像牛耳形状的野草。他学着马匹，扯几片那种草叶细细嚼碎吞食下去。随后，他发现自己的病也好了，于是报告将领马武，他找到了神草。马将军大喜，问此神草生在何处？那名马夫手指前方说：“大将军您看，就在不远处，那辆大车前面。”马武看到前方地面上绿莹莹一片，哈哈大笑说：“真是天不灭我啊！好个车前草，简直是上天送来的救命仙草！”当即命令全军人马就地采食这种野草，果然治愈了军中流行的“尿血症”，随即马武带领部队走出了困境。车前草因此得名，药用功能也因此为世人所识。

再读“采采芣苢”，我不禁琢磨起来，先秦的女子为何要采“芣苢”？难道她们早已知道车前草的药用价值吗？如果采回去是给家人治病的，又怎会有许许多多的人一起去采呢，而且兴高采烈，边采边唱？或许，事情根本就没有这么复杂，先秦时期的车前草就跟如今的荠菜一样，只是一种美味的野菜，趁着鲜嫩，时人争相采食。

偶读《毛诗序》，读到如是说法："《芣苢》，后妃之美也，和平则妇人乐有子矣。"原来如此。先秦的女子喜欢结伴而行去野外采车前草，竟是因为车前草的穗子上结满了密密麻麻的籽实，满足了人们多子多福的美好愿望。亦如人们喜爱石榴那样，爱的就是石榴里面那些密集的籽粒挨挨挤挤团在一起的样子。先秦女子们心知肚明，唯有和平，没有征战，夫妻团圆，她们多子的愿望才有可能成为现实。"采采芣苢"，其实就是祈求天下太平，祈求幸福安康啊！

走在蜀峰湾公园里，看到绿化草坪上的大片车前草，自然明白这些都是人工种植的，是这公园里的一景，对这座城市起美化作用，无关它的药用价值。或许，这些车前草存在于城市一隅，还能给人一个惊喜吧：《诗经》里的植物穿越时光隧道，从遥远的书本走进眼前的生活。

采采卷耳。

深秋，去蜀峰湾公园里散步。回到家里，抬脚换鞋，发现裤脚把公园里的野果捎回来了。

蜀峰湾公园位于合肥市高新区大蜀山东麓，典型的倚山抱水生态公园。大蜀山草木繁盛，物种丰富，是名副其实的森林公园。蜀峰湾公园紧挨着大蜀山森林公园，有水面，有草地，有树林，土地湿润肥沃，植物生长旺盛，有许许多多见过的没见过的、叫得出名的叫不出名的花草树木。

漫步蜀峰湾公园，有一种植物让我眼前一亮，那是木芙蓉，深秋时节开出粉红色大花朵的木芙蓉。看足了木芙蓉，我便回家，想乘兴写一篇有关木芙蓉的文字。进门后，在右边裤脚上发现了两枚并不陌生的野果，是那种貌似金樱子浑身是刺的椭圆形果子，但与金樱子又有不同。秋天的金樱子呈金色或橙红色，这种野果呈灰绿色；金樱子身上的刺是硬质的，碰上它能扎破手指头，这种野果身上的刺没那么硬，也不够锋利，扎人但扎不破人的皮肤。它还很有“黏”性，谁接触它，它就“黏”上谁。那天，在蜀峰湾公园里，走在林荫小道上，某个不经意的时候，我的右边裤脚定是招惹了它。否则，它还能生出翅膀，飞到我的身上来吗？

想起来了，这种野果名叫苍耳子，是苍耳的果实。苍耳，也叫卷耳。它是一种古老的物种，曾经出现在《诗经》里：“采采卷耳，不盈顷筐。”我又想象到一个遥远的画面：春日里，年轻女子在河边草地上采野菜，旁边放着一只低矮的敞口篮子。女子一会儿弯腰采摘，一会儿起身抬头远望。小河对岸有一条通往远方的路，女子不时眺望路的尽头，每次都露出失望的表情。女子采到篮子里的野菜多是鲜嫩的苍耳叶，是那种心形略带茸毛的绿叶。篮子不大，前低后高，貌似簸箕，装不了多少东西。女子采了半天，却没装满篮子。女子心不在焉，心思不在河畔草地上，而在河对岸的那条路上。她思念的那个人多年前从那条路上走了出去，杳无音信，她盼望他早日从那条路上走回来。

许是那位先秦的女子分了心走了神，采野菜没有做到一网打尽，使得这种“漏网”的、名叫卷耳的野菜幸存至今。它的生命力极强，穿透了三千年时光，把根扎在当今的土壤里。在蜀峰湾公园发现它的身影，我并不奇怪。我的童年时代，在家乡的田边地头，就已和它相识。我熟悉它春天的嫩叶，曾把它作为猪草采到篮子里，完成一个孩童的劳动任务。未经世事的孩童质朴单纯，自然不像先秦女子那样魂不守舍，一篮子猪草不要多久便采满了。作为猪草的野菜品种很多，除了卷耳，还有蒲公英、荠菜和青蒿等。我也熟悉它夏天的花朵，是那种粉色的喇叭形花朵。因为好奇，一群孩童争先恐后采过那种好看的喇叭花。我还熟悉它秋天的果实，最早是在生产队一头老黄牛的肚皮上发现它的。在老黄牛离地最近的肚皮上，趴着几个灰色的浑身毛刺的家伙，比牛虻还大，大人说那是牛虱子。善良的孩童不忍心那头整天吃苦受累的老黄牛被虱子吸血，抡起一把粽叶苍蝇拍子便往老黄牛的肚皮上拍去。拍得老黄牛又是昂首又是蹬脚，那几只牛虱子却在牛肚皮上岿然不动。

后来我才知道，当年那几枚黏在老黄牛肚皮上浑身毛刺的植物果实，名叫苍耳子。家乡的路边，有草的地方就可能有它。若干年后我才发现它是一味中药，曾经出现在老中医开给我治疗鼻炎的药方里，且疗效很好。当年先秦女子采摘的野菜，后来孩童装进篮子里的猪草，原来不是普通野草，是一种解人病痛的良药。

次日我又去了一趟公园。这回不为散步，是想探寻黏我裤管的苍耳子。踏过几块低矮的墩石，跨过一条清浅的小溪，遇见一片茂密的草地。那些杂草野性十足，恣意生长，嫌自己领地不够，朝小径挤过来，将路面侵占了三分之一。百草丛中，果然有它，叶已落了，直立的茎变成横行的藤蔓，蔓上结了一球球灰绿色的小刺果。可能是我前次散步时没给路边的野草让路，才给了苍耳子寄身远行的机会。那两枚从裤管上扯下来的刺果，没舍得扔进垃圾桶，我将它们暂时存放起来，出门时顺手带上，悄悄扔到楼下的绿化草地上。我希望来年，在这片草地上能看见一种新的物种，春天长出心形的叶子，夏天开出粉色喇叭花，秋天结出浑身毛刺的果。届时若有人询问那是什么，我会略带自豪地告诉他，那是卷耳，也叫苍耳，一种从先秦时代走过来的古老的草本植物。

我原先的单位离公园很近。春天里，我喜欢利用午休时间去公园里走走。晴暖的阳光下，总见一些年轻女子蹲在地上采野菜。她们也该是附近公司的职员吧，好几次听她们嘻嘻哈哈地说，这里的荠菜又多又好，肥肥嫩嫩，晚上可以吃到鲜美可口的荠菜饺子啦。现在回想起来，倒是没听说谁在公园采到了卷耳。倘若有人不声不响在公园里采摘卷耳，她一定是冲着《诗经》去的。心怀诗意，采采卷耳，不盈顷筐，也是一种收获满满的美好劳作啊！

参差荇菜

。

“参差荇菜，左右流之。窈窕淑女，寤寐求之。”初次阅读《诗经》，我不知道荇菜是何等模样，只知道它在古人心目中是一种特别美好的水生植物。与“窈窕淑女”相媲美，它该是以一种柔弱的古典美人形象示人吧。那时我把荇菜想象得十分遥远，甚至以为它早已绝迹，身边再也见不到了。

后来，读苏东坡《记承天寺夜游》：“元丰六年十月十二日夜，解衣欲睡，月色入户，欣然起行。念无与为乐者，遂至承天寺寻张怀民。怀民亦未寝，相与步于中庭。庭下如积水空明，水中藻、荇交横，盖竹柏影也。何夜无月？何处无竹柏？但少闲人如吾两人者耳。”在另外一个时空里与“荇”偶遇时，我似乎突然开窍了：《诗经》离我很远，相对而言，苏东坡离我就比较近了。《诗经》里有“荇”，苏东坡身边也有“荇”；《诗经》里的“荇”能传给苏东坡，苏东坡笔下的“荇”也一定能传给我。我相信，荇菜离我不远，说不定就在我身边。

“庭下如积水空明，水中藻、荇交横，盖竹柏影也。”如水的月光下，竹柏之影交横，让人想到水生的藻、荇。我对这句话中的“藻”“荇”二字，有自己的理解。我曾把“藻”理解为生在水面以下的水草，而“荇”则是在水面露头的大叶水生植物。风吹影动，水里的藻轻轻摇曳，水面的荇缓缓浮游，这该是公元 1083 年苏东坡月下的所见所感吧。

后来重读《诗经》，与荇菜再度相逢，我便没有由来地想起儿时在家乡见过的一种普通水生植物——“荷子”。家乡位于大别山东麓与长江北岸之间的丘陵地带，几条出山的河水进入长江之前，恰好路过这片丘陵地带。因而，家乡的水系还是比较发达的，乡人吃鱼不是难事，对水生植物也不陌生。

家乡有很多水面都生长一种名叫“荷子”的水草。如今回头去看，似有规律可循。凡离人远，少有人打扰的野水之域，都有可能生长荷子。我家门前的那口池塘，是附近十几户人家的生活用水之源。不光周围的人天天打扰那口池塘，农户饲养的水禽更加离不开水塘，成群的麻鸭和白鹅最喜欢在池塘里戏水，不时比赛似的表演“红掌拨清波”的古老游戏。有鹅鸭在此活动，家门前的那口池塘里没有任何水草。纵有鸟儿在畅快之时将种子带入池塘，水里生出了荷子之类的水草，那些水生

关关雎鸠，在河之洲。窈窕淑女，君子好逑。
参差荇菜，左右流之。窈窕淑女，寤寐求之。

求之不得，寤寐思服。悠哉悠哉，辗转反侧。
参差荇菜，左右采之。窈窕淑女，琴瑟友之。

植物也没机会露出水面，早在麻鸭们练习水中倒立、白鹅们埋首于水中时，顺带将水里的植物啃光了。

早年，我在远离村庄的几处水面上，见过乡人所说的水生植物荷子。印象最深的是在村庄的北面，三个村庄交界的地方，空旷的田野中间，有两块大小不一的水面。大的水面叫大滆，小的水面叫小滆。大滆小滆常年绿水盈盈，从未见过它们的底。水呈绿色，水清色碧，加上水里生有许许多多的水草，草色映绿了水色。

走在田间小路上，远远望去，水面几乎被一种近似睡莲的稠密绿叶覆盖。若将水面看成画面，那也是一幅重彩的油画，不似水墨大量留白。水面的绿叶就是荷子，它的叶子比睡莲叶子小，不过巴掌大。叶面呈心形，正面颜色碧绿，平整光滑，有蜡质感，多数叶子是紧贴水面的，好像浮在水面上。也有一些高出水面的叶子，风一吹，叶面会有一定角度的倾斜，人站在水边便能看到叶子的背面，是嫩紫色的。除了荷子的叶，我还见过荷子的花。大约是在农历六月间，一年当中天气最闷热的那段时间，荷子会在挤挤挨挨的绿叶旁边开出朵朵金黄色的花，恰似一幅色调和谐的图画。

熟悉荷子，是因为我小的时候与荷子有过亲密接触。我见过漂在水面的荷子，还曾多次动手从水塘里打捞荷子。荷子是一种上好的青鲜饲料，猪爱吃，鸡鸭鹅都爱吃。别以为荷子长在水里，打捞荷子就得下到水里去，那是一件危险的事。乡人有自己的智慧。打捞荷子十分简单，只需砍伐一根细长的竹子，去掉竹叶，竹枝剪一半留一半。人站在水边，将带有半截竹枝的长竹竿伸进水里，然后使劲转动竹竿，转了一圈又一圈，便有不少荷子从水面被缚到竹竿上。荷子的根扎在泥里，叶在水面，根和叶之间那条长长的藤茎，此刻正一圈一圈缠绕在竹竿上。如此几个来回，放在岸上用于装荷子的竹篮便满了。

若干年后，去朋友家玩。在朋友的庭院里见到一盆水生植物，不大的水面上漂浮着几片心形的绿叶，叶面光滑。见到它就像见到了我儿时的伙伴，一种亲切感油然而生。我脱口而出："这不是荷子吗？"朋友却反驳："什么荷子呀，它叫荇菜好吧，'参差荇菜'的'荇菜'。"

我一听脸就红了，却又很高兴。终于对上号了，家乡的荷子就是《诗经》里的荇菜，俗物竟是雅品。雅与俗，就这样轻轻松松完成了转换。

我记得，家乡大滆小滆里生出的那些貌似睡莲的荷子，出水后有高有低，叶面也有大有小，难怪《诗经》说"参差荇菜"呢。

秋末晚菘

萝卜青菜，各有所爱。菜蔬当中，我最爱的莫过于大白菜了。秋冬时节，一日三餐离不开大白菜。

我心目中的大白菜，并不特指时下菜市场里摆售的长成结结实实一捆、状如枕头、又大又白名副其实的大白菜。有种大白菜存在于我的少年时代，它有颀长而白的秆，有布满经络碧绿的叶。它不像现在的大白菜长得那么紧密，掰都难掰开；它是蓬蓬松松的，一瓣瓣，一层层，一圈圈。

从前的吃法跟现在不同。如今去菜市场买菜，所见大白菜、小白菜，都是从地里齐根铲断一棵棵地卖。当年的白菜可不是这样，一棵越冬白菜总要从头年秋天白菜上市吃到次年春天白菜下市。那种采摘是有限度、有节制、留有余地、可持续的，采摘的动作叫掐，掐白菜的外围，留白菜的内芯，等白菜的内芯长大变成外围，再掐一圈。

在食品极度丰富的今天，滋养人类千百年的大白菜始终未被人遗弃。菜市场上，大白菜仍是不可或缺的一个角色。没有它，便有一种恐慌情绪迅速弥漫开来，人间的日子就会蒙上一层阴影，难以敞亮。

虽不是人见人爱，大白菜也算是庸常日子里喜闻乐见的物事。可大白菜身价仍是低贱，往往被人不当回事。民间有这等说法，豆腐盘成了肉价钱。意说豆腐本该廉价，而猪肉就该金贵。又说猪肉卖了白菜价。意为金贵的东西以低贱的价格卖了。这话白菜肯定不乐意听，凭什么白菜就该低贱！

古代人可不是这么看待大白菜的。大白菜曾有一个高雅的名字：菘。今天的人，猛一见到“菘”，该不是都能立刻想到它就是餐桌上的大白菜吧。古人之所以将大白菜取名为“菘”，是因为对大白菜有崇敬之情。“菘性隆冬不凋，四时长见，有松之操，故其字会意。”白菜不畏严寒，有松之情操，故名为“菘”，意说它是草本植物，读音如“松”。有人考证，白菜早在《诗经》年代就已经存在，理由是《诗经》中“采葑采菲”的“葑”在一些地方的方言里与“菘”相通。在古人的养生理念里，有这样一种说法：春初早韭，秋末晚菘。至今，秋冬时节，白菜仍是寻常人家的当家菜。今人如若知道大白菜历史这么悠久，且有一个文绉绉的名字——“菘”，估计就不会动辄口出“白菜价”的不敬之词了。

也不尽然。有些时候，今人对大白菜还是特别崇拜的。比如，到玉石店里，往往能看到一些用玉石精雕细刻而成的大小摆件，它们的造型就是一棵大白菜。用以雕刻的石料，有通体乳白的玉石，有碧绿晶莹的翡翠，白的地方刻成白菜的秆，绿的地方雕成白菜的叶，白秆子绿叶的大白菜，形象逼真，堪称精美的工艺品。那些貌似大白菜的家伙，价格可不菲，绝不会卖成白菜价。在买者心目中，“白菜”不再是白菜，而是“百财”。“百财”自然是好兆头，人说八方来财，这块石头可喻示着“百方来财”啊！

其实，买大白菜摆件的并不都是财迷，买它就为祈求发财。也有买家是出于对大白菜的真心喜欢，大白菜有青有白，恰好表达了仁人志士一清二白的人生志趣。

不说石头了，还是回到大白菜本身吧。今人保健养生意识明显增强了，在吃的问题上，许多人特别能克制，不图入口之快。遇见荤腥味浓的烟火气息，总有人掩鼻而去，心甘情愿选择青菜煮豆腐。

别以为人家是苦行僧，才不是呢，大家都是平常人。大荤大腥是口福，吃多了却难消化，易生病。青菜豆腐，保人平安。

和白色的豆腐一块煮的，常是大白菜的绿色叶子。那一碗菜，养眼，也养身。

于以采藻。

曾经对“藻”有偏见，误解很深。印象中的藻，不干不净，与秽为伍，丑陋不堪。

误解缘起一湖。湖是国内五大淡水湖之一。这些年，湖与这座城市越走越近，直至相依相偎，作起了难舍难分状。前几年，眼前老出现两个字：蓝藻。蓝是蓝色，藻是水生物。从字面上看去非常美好，等见到了本物，便觉得此物玷污了一个美好的词汇。向来清澈的湖水，因蓝藻暴发，顷刻变成一锅草绿色的浓汤。但与汤羹尚异，汤羹香甜可口，这充斥着蓝藻的湖水，则腥臭难闻。

原本对“藻”并无成见。因为污染

水体的蓝藻让人恶心，便对“藻”没有好感。人就是这样，许多时候，总是情感支配着理智，主观遮蔽着客观。觉得好的东西，不好也好；觉得不好的东西，好也不好。偏见并不可怕，漫不经心读一本书，或许便可解决问题。譬如，读过《诗经》，便对“藻”另眼相看了，怎么看都觉得此物甚美。

“藻”，原来竟是一种圣洁之物。不信？去问《诗经》吧。在《国风·召南·采蘋》一诗中，有“藻”。诗曰：“于以采蘋？南涧之滨。于以采藻？于彼行潦。于以盛之？维筐及筥。于以湘之？维锜及釜。于以奠之？宗室牖下。谁其尸之？有齐季女。”即将出嫁的少女，外出“采蘋”“采藻”，用筐筥盛回，用锜釜煮熟。作何用途？当然是吃。不过，不是自己吃，也不是给别人吃，是祭祀祖先的。上供神吃，心到佛知。凡作供品，无不圣洁。上供之人，必定虔诚庄重。

《诗经》中的“藻”，可不是“蓝藻”之“藻”。“蓝藻”之“藻”，属于低级生物，只是一种细菌。《诗经》中的“藻”，则是一种水生植物，形似豆类，有人叫它水豆。《诗经》时代，将“藻”作为供品，“藻”必定是人的食物，能吃，且味美。人只知神明存在，却没见过神明何等模样。祭祀之时，人总是将神明想象成人加以敬重，放在神明面前的供品，必是人世间的美味佳肴。

除了美味，“藻”也是美物。在古人眼里，“藻”是一种美丽的风物。北宋大文豪苏东坡，曾于不经意间写到“藻”，“藻”成了他笔下的美景：“庭下如积水空明，水中藻荇交横，盖竹柏影也。”大文豪写月光下的竹柏影子之美，何以形容？东坡想到了“藻”和“荇”，这两种水生植物于水中摇曳横陈之态。在东坡的心里，“藻”和“荇”的样子必是至美。

除了美物，还有多种美好。东汉班固《答宾戏》曰：“董生下帷，发藻儒林。”“发藻”就是“显示文采”，“藻”即“文采”。在现代汉语中，除了“文采”，“藻”还被直接引申为“美好”“修饰”“修养”等等，语义极为丰富，但万变不离其宗，所有的引申还是来自它最基本的意思——《诗经》中那种好看又好吃的水生植物。

不必艳羡古人，文文雅雅地享受口福，正如《诗经》中的“采藻”。其实，现代人口福更好，有“藻”吃，且比《诗经》中的“采藻”来得更轻松，味道更鲜美。不说别的，只说那道家常菜——海带，人人都该吃过。今人嘴刁，难伺候，既要解馋，又怕肥腻，炖一锅海带排骨汤便可解决问题。有这种带状的大海藻在，人间的小日子便有滋有味，惬意得很。

薄采其芹。

好些年了，有一种菜蔬，我见一次买一次。这种菜蔬很普通，它就是南方人常见的芹菜。准确地说，它叫水芹菜。家乡人直接叫它芹菜，将它名前的“水”字省略了。它有颀长而空灵、光滑而洁白的茎秆，有稀疏而清秀的三角形绿叶，通体散发一股幽远的类似中草药的香气。

物亦如人，有名有姓。叫名不叫姓，那是亲热。水芹菜就是水芹菜，它姓“水”。在芹菜名下还有一种与水芹菜相对应的菜蔬，它姓“旱”，叫旱芹菜。顾名思义，旱芹菜是生长于旱地的，水芹菜多生长于水边湿地。旱芹菜适宜于干燥的北方，水芹菜则适宜于湿润的南方。从体形相

思乐泮水，薄采其芹。鲁侯戾止，言观其旂。
其旂茷茷，鸾声哕哕。无小无大，从公于迈。

思乐泮水，薄采其藻。鲁侯戾止，其马蹻蹻。
其马蹻蹻，其音昭昭。载色载笑，匪怒伊教。

貌上能看出来，旱芹菜是北方性格，水芹菜则是典型的南方性格。旱芹菜的茎秆和叶，都长得高高大大，粗壮结实，浑身布满茸毛，就像北方汉子，从他裸露的肌肤上能看到浓密的汗毛。水芹菜则不一样，它细皮嫩肉，弱不禁风，一副娇羞的模样。

在水芹菜和旱芹菜之间，我是明显偏向水芹菜的。因我是南方人吧，一方水土养一方人，一方人偏爱一方水土所产之物。这种偏爱也非与生俱来，同水芹菜的关系，我有一个渐走渐近的过程。早先我是不吃水芹菜的，以一个孩子敏感的嗅觉能力和极其有限的生活经验，我无法接受水芹菜独特的香气。不光水芹菜，其他有奇异香气的菜蔬，我都会选择远离，比如茼蒿。后来，见识渐多，对人对事对物的包容性随之增加，抑或对水芹菜的香气闻得多了，会产生些许亲近感，我便开始尝试着吃点水芹菜。

最具转折性的一次，是在我十六岁那年。国家升学考试已于上一年由春季改到了秋季，初中最后一学期从春天开始到夏天结束。过年后，学校开学前几天，家里饭桌上天天都有水芹菜。明知我并不爱吃，祖母还是三番五次地将清炒水芹菜夹到我的碗头上，堆成小山丘似的。我拒绝说，不要了。不要可不行，祖母说，多吃芹菜对念书有好处。虽不知其所以然，祖母如此说，我还是信了，我以为芹菜含有某种特殊成分，可以补脑，让人聪明。多年后想起，方觉不是那回事。大约是祖母喜欢芹菜的名字，借用谐音，一厢情愿地表达出自己的期望，想让那个小小读书郎多吃芹菜，以便勤奋读书。每每想到祖母的这层意思，我总不由得一笑。笑过之后，眼睛便湿润了。祖母真是用心良苦啊，这种苦心不容我辜负，我一辈子都不该忘记。

从那以后，我对水芹菜的态度有了很大变化，由勉强接受，到渐渐喜欢。在饭桌上遇见水芹菜，总要显示出亲热劲，比他人多动几筷子。

离开家乡后，有好些年很少吃水芹菜。在外吃饭，也常常吃到芹菜。那都是以芹菜为主料、做工讲究的菜肴，诸如西芹百合、香芹香干、香芹木耳。这些菜好看，好闻，但不见得有多好吃。吃西芹百合时，总拣百合吃，有时除了百合还有腰果，很少动西芹。吃香芹香干、香芹木耳时，多是吃香干和木耳，很少吃香芹。同样是芹菜，这西芹和香芹与我家乡的水芹菜味道差远了。西芹是洋芹，应该来自西方国家。据说也是养生好菜，但我却不喜欢。它的茎秆又粗又硬，不像草本植物，有点接近木本植物了。平常所见香芹，应该属于旱芹菜，茎秆比西芹细一些，吃起来也软一点，但还是不如水芹菜那般绵软。有水芹菜做味蕾的记忆背景，我对后来遇见的西芹或香芹，往往浅尝辄止，礼貌性地对一道上好菜肴表示尊重。

这些年，社区超市里常有水芹菜出售，且打出了令我倍感亲切的招牌：安庆水芹。头次遇见走近去看，这种水芹菜还真是从前模样，颀长的茎秆，又光滑又洁白。买回去，清炒了吃，基本是从前的味道。尤其那种若有若无淡淡的香气，仿佛来自遥远的记忆。一次次地买回来，倒不是特别喜欢它的味道，我总想从水芹菜的香味里找到当年未曾发现的某种意蕴。

有次在家吃饭，筷子刚落到水芹菜上，脑海里陡然冒出《诗经》里的句子：“思乐泮水，薄采其芹。”我十分武断地认定，诗中的“芹”就是我面前的水芹菜。古时学子金榜题名，须去水边采来芹菜插在头上，再到庙堂里祭拜。那一刻，我似乎完全明白了为何祖母要我多吃芹菜，她老人家是想让我高中吧。我甚至怀疑能识字的祖母小时读过《诗经》，至少听人吟诵过，她心领神会。

乡间许多孩子以“芹”为名，有的直接叫“采芹”。别以为乡人没文化，那些叫“芹”的名字，听似土俗，实则大雅。

可以沤菅。

在读《诗经》之前，我对“菅”一直没有好感。那时，对于“菅”的认知，完全来自成语“草菅人命”。

成语背后总有典故。最早是东汉，班固《汉书·贾谊传》曰：“故胡亥今日即位而明日射人，忠谏者谓之诽谤，深计者谓之妖言，其视杀人若艾草菅然。”再是明朝，《初刻拍案惊奇》卷十一载：“所以说为官做吏的人，千万不要草菅人命，视同儿戏！”到了清朝，蒲松龄《聊斋志异·三生》载：“兴以草菅人命，罚作畜。”李宝嘉《官场现形记》第四十七回载：“像某人这样做官，真正是草菅人命了。”几处有一个共同点：

拿人不当人看，视人命如草芥，均是残暴的当政者所干之事。如此丧尽天良，肯定不是好官，这些人总与“草莽”“草率”等词有些关联，从而决定了“菅”的字形：“草”字当头，“官”字坐底。这些官吏们的罪恶行径，活活连累了一个无辜的文字——“菅”，字形让人生厌，读音也近低贱。《现代汉语词典》对“草菅人命”还有一条解释：指反动统治者滥施淫威，任意残害人命。“草菅人命”，实则“草菅民命”。历朝历代，对那些“草菅人命”的官吏，从来不会高看、上看，只会教人低看、下看。

读到《诗经·国风·陈风·东门之池》：“东门之池，可以沤麻。彼美淑姬，可与晤歌。东门之池，可以沤苎。彼美淑姬，可与晤语。东门之池，可以沤菅。彼美淑姬，可与晤言。”原来，“菅”的面目并不可憎。我立刻眼前一亮，看到了一副有关劳动、歌唱与爱情的美好画面。从此，便将“菅”与官吏撇清关系，还原出“菅”的本来面貌：它只是一种多年生草本植物，秆粗壮，多簇生，高可达一到二米，甚至更高，下部直径一到二厘米。多呈黄白色，秆平滑无毛而有光泽，实心，髓白色，所以也被称作白华或者白茅。《毛传》有载：“白华，野菅也，已沤为菅。”

“沤”是长时间于水中浸泡。正如《说文》所释：“沤，久渍也。”《诗经》中的“沤麻”“沤苎”“沤菅”，是将“麻”“苎”“菅”等高秆植物沉浸水底，长时间浸泡，使其质地柔软，以便取其纤维编织衣物用。其实，“沤”的做法并不遥远，起码我们这代人曾经见过，甚至现在还能见到。

东门之池，可以沤麻。彼美淑姬，可与晤歌。

东门之池，可以沤苎。彼美淑姬，可与晤语。

东门之池，可以沤菅。彼美淑姬，可与晤言。

“沤麻”，我是见过的。小的时候，家里种了麻。夏秋之交，麻秆长到一米多高时，便成熟了。如砍柴一般，用柴刀贴地将麻砍倒，打捆收回。放在门前水塘里浸泡三两天，而后捞起，去掉那层薄薄的表皮，再将麻纤维从麻秆上分离出来，便可用于搓麻索或者捻麻线。麻索主要用于做布鞋，千层鞋底便是用麻索一针针纳成。麻线则用于织布，做蚊帐或者衣服。用麻线织成的布，透气性好，让人感觉凉爽，适宜夏天使用，所以麻布也叫夏布。如今夏布衣服难得一见，我小的时候是见过的，见过我祖母那辈人在夏天穿夏布衣衫。

除了“沤麻”，我还见过“沤竹”。皖西南大别山区多毛竹，山区人能以毛竹为原料制造草纸。将竹子砍倒、破开、裁断，放进水槽里，往水里加入一定量的石灰，对毛竹进行很长时间的浸泡。山民们举重若轻，视毛竹为麻秆，将浸泡毛竹的过程叫“腌麻”。有一年夏天，我曾在大别山中潜岳桐舒四县交界处一个名叫官庄的村子里，参观了传统手工造纸工艺。他们造的不是一般的草纸，是用于书画的汉皮纸。造汉皮纸的主要原材料是桑树皮，由灰褐粗糙的树皮到雪白细腻的书画纸，当中关键环节是沤桑树皮，将其沤烂，由固体变糊状，再稀释成液体，用网帘捞出纸浆，便可晒出书画纸了。我小时候用来练字的草纸，表面粗糙，颜色发黄，吸水性好，那种纸就是用竹木之类的长纤维植物“沤”出来的。

唯独没见过“沤菅”，将白茅草浸泡成“菅”。可以想见，“沤”啥原理都一样。有一点不得不提，“沤”过后的腐败植物臭气熏人，将那些烂兮兮的东西从污水槽里往上捞，是一种十分辛苦的劳作。三千年前，东门之池，那些从池水中打捞浸泡已久的麻、苎、菅的年轻人，他们一边辛勤劳作，一边快乐地唱起了歌谣。

他们的快乐源于爱情。那个名叫淑姬的美女，让一群青年男子忘记了劳作的艰辛。

美与爱，给人力量。

来牟来牟。

因为一杯茶，记住了一个遥远的地名。

茶是来自四川的绿茶，一位家住四川荣县的朋友所赠。之前没喝过四川茶，不知川地产好茶。收到朋友馈赠的蜀地香茗，未予以足够的重视，随手放在书房，冷落它好几个月。

四川荣县一个名叫来牟的乡镇，是这茶叶的产地。来牟镇是这位朋友的家乡，他在那里出生、长大，从那里走出来，却说他从未离开家乡，他一直都是来牟人。从朋友口中得知，来牟属低山丘陵地区，海拔不高，温暖湿润，常年多雾，日照偏少。那地方最宜种茶，所以茶叶是来牟镇最具代表性的土特产，是来牟

思文后稷，克配彼天。立我烝民，莫匪尔极。

贻我来牟，帝命率育。无此疆尔界，陈常于时夏。

人馈赠亲朋最常见的礼品。

周日不出门，在家读闲书，偶见书橱里一包存放多时的茶叶。这才想起那位远在四川荣县的朋友，想起荣县有个名叫来牟的镇子。撕开塑料包装袋，倒出一小撮茶叶，放在手心里仔细查看。还好，茶叶色青，并未发黄。抬手到鼻下闻闻，尚无异味。久了，竟闻出些许香气。放入杯中，倒开水冲泡，汤色碧绿，茶香浓郁。小啜一口，清香怡人，回味甘甜，令人神清气爽，果然是好茶。抄起手机给朋友打电话，告诉朋友，品尝了他馈送的香茗，茶香情浓，不胜感激。

由此，对四川荣县那个名叫来牟的镇子印象特别深刻。其实，之前对于荣县也有些了解，知道它隶属自贡，自古以来就是个产盐之地，地下储藏着丰富的盐矿资源。地下多盐，地上也能长出好茶？那茶，能不带些咸涩味吗？想到这里，独自一笑，笑自己识见短浅，狭隘得很。也因此加深了对于来牟的记忆：那地方有蜀茗香甜，并无井盐咸涩。

若干年后，偶读《诗经》，于《诗经》中读到了“贻我来牟”的句子。第一反应是想到了四川荣县，那个名叫来牟的镇子。静心一想，当然明白《诗经》中的“来牟”二字无关地名，而是先秦时期两种农作物的名称，“来”是小麦，“牟”是大麦。如今“来牟”二字是简化字体，本来写法是“麳麰”，在“来”和“牟”的左边各有一个“麦”字，寓意“麳”和“麰”都属麦类。四川荣县的“来牟”，也与麦子有关吗？

五年前去青海，朋友领我品尝了藏族特色美食，吃了糌粑、青稞粥，喝了青稞酒。以前只听说过糌粑是藏族人的主食，以为它就是馒头、米粑一类的食物，吃了才知道并非如此，糌粑不是粑粑，是炒熟的青稞磨成粉。吃糌粑需兑水，兑酥油茶味道更好。那天，我们是兑酥油茶吃的。把手指伸进碗里搅拌，将青稞粉干湿搅匀，用两指捻成小团，捻一个吃一个，好吃又好玩。青稞米熬成的粥，好吃又好看。米粒晶莹剔透，珍珠似的，却又浓稠绵软，入口即化。那天还喝了青稞酒，不似平时小口品酒，这回是用吃饭的泥瓦碗喝了两个大半碗，差不多有半斤吧。那酒口感特别好，有谷物的清香，有雪水的甘洌；酒性平和，喝了那么多也没见上头。

一顿饭吃的喝的都是青稞，便三番五次说起青稞的好。朋友却说青稞的好远不止我说的那些。在高寒缺氧的青藏高原，许多地方不乏百岁老人，这与当地人食青稞分不开。《本草纲目拾遗》里便有关于青稞功效的记载："下气宽中，壮筋益力，除湿发汗，止泄。"我问朋友，这么好的青稞，我还只是听说，从没见过，它到底长的啥模样啊？朋友说，这不是问题，明天去门源县便能看到遍地青稞了。

第二天在门源县果然看到了大片青稞地。那时节，青稞完成了抽穗，正在灌浆，放眼望去，满野青碧。走近青稞地，细看一株青稞，发现青稞与内地麦子大同小异。它的秸秆比小麦高且粗壮，叶子也比小麦叶大；麦芒特别长，比小麦长，比大麦也长。随口问当地的朋友，为何青稞很像麦子？朋友说，它像麦子很正常啊，它本来就属于麦类，有人说它曾是历史上最早的麦子，在青藏高原上业已存在了三千多年。

它是三千多年前的麦子？朋友的话让我想起了《诗经》中的"来牟"。来牟是三千年前的麦子，难道青稞就是当年的来牟？

前些时候，去合肥庐州公园参加健步走活动。体力跟不上年轻人，没多久便落下了。索性慢下来，优哉游哉，一边行走，一边观景。庐州公园靠近合肥植物园，景观以草木为主，颇多奇花异草，俨然植物园的延伸地带。

走在红色步道上，东张西望，左顾右盼，看路两边琳琅满目的草木。多是些珍稀物种，寻常难见，偶一见到，叫不出名字。在一丛蒿草跟前止步，初以为是蔬菜茼蒿，近前细看才知道不是。它的叶似茼蒿那般对生成羽状，但比茼蒿叶更精致细密。它的茎比茼蒿粗壮，抽得更高。这种似茼蒿又不是茼蒿的蒿草，

冽彼下泉，浸彼苞萧。
忾我寤叹，念彼京周。

冽彼下泉，浸彼苞蓍。
忾我寤叹，念彼京师。

芃芃黍苗，阴雨膏之。
四国有王，郇伯劳之。

到底是啥呀？掏出手机，将镜头对准那丛蒿草，快门一点，几秒钟后，手机上便显示出蒿草的图片，图片下方是蒿草的名字：蓍草。

见到“蓍草”，立刻想起《诗经·国风·曹风·下泉》中的句子：“冽彼下泉，浸彼苞蓍。”对于“蓍草”，原先并不陌生，只是没有见过实物。早年读《诗经》时，曾经对“蓍”有过了解，知道“蓍”是“巫草”，一种神灵之物。李时珍《本草纲目》里有这样一段话：“蓍乃蒿属，神草也。故《易》曰：蓍之德，圆而神。天子蓍长九尺，诸侯七尺，大夫五尺，士三尺。”张华《博物志》言：“以末大于本者为主，次蒿，次荆，皆以月望浴之。然则无蓍揲卦，亦可以荆、蒿代之矣。”原来，古人以为蓍千岁生三百茎，有圆而神的美德，所以把它作为占卜吉凶最理想的工具。那时候，人分三六九等，连占卜用的蓍草也有等级之分，天子用的最长，百姓用的最短。

关于“蓍”，《辞海》里的解释最明白：植物名，别称蓍草、锯齿草、蚰蜒草。菊科，多年生直立草本。叶互生，长线状披针形，篦状羽裂，裂片边缘有锐锯齿。头状花序多数密集于枝顶成复伞房花丛，夏秋间开白色花。……用分根或种子繁殖。全草供药用，民间用治风湿疼痛，外用治毒蛇咬伤。茎、叶含芳香油，可作调香原料。庭院内有栽培供观赏。《辞海》里对“蓍”的描述，与我在合肥庐州公园所见的蒿草外形上基本吻合。

自从见到蓍草，记忆中那个神奇的传说便不攻自破。传说中的蓍草，只生长在三个地方：一是河南淮阳县太昊伏羲陵，二是山东曲阜孔府孔庙，三是山西太原晋祠。我去过伏羲陵，也去过孔府孔庙，在两地听过有关蓍草的传说，且见过有关证物。去淮阳伏羲陵，是十多年前的冬天，雪后，天气寒冷。解说员将一行人领到了伏羲陵后面的一块雪地边，告诉客人那便是蓍草园，可惜错过了季节，若在春夏来则能见到满园葱茏的蓍草。她说，关于蓍草园，《淮阳县志》有记载："太昊陵后有蓍草园，墙高九尺，方广八十步。"那时并不关心蓍草，对解说员的话不放心上。去曲阜孔府孔庙倒是在夏天，也没见着蓍草尊容。传说曲阜的蓍草出自孔子墓地，是孔圣人灵魂的化身。如此神物，自然难以亲见。据说，从孔子墓地长出的蓍草茎秆有八棱，象征八卦，用这种蓍草占卜特别灵验。"苞蓍占卜吉祥呈，一本芃芃五十茎。八卦五行形象合，钟灵毓秀不虚生。"这便是我从孔府读到的一首关乎圣墓蓍草的诗。至于晋祠，尚未造访，无从验证晋祠里有无蓍草。

无独有偶。近日去了一趟皖西大别山，在金寨县千坪村马鬃岭原始森林里，于半山腰木栈道边邂逅了蓍草。

其实，古代作为占卜工具的蓍草，往往与龟甲相伴。据说，每丛蓍草下面总有一只神龟相守，故有"蓍龟"一说。孔子曾曰："蓍，耆也；龟，旧也。"有狐疑不决之事，可以请教耆旧老人家吧。"蓍龟"一词，古书上常见。《史记·龟策列传》曰："王者决定诸疑，参以卜筮，断以蓍龟，不易之道也。"

除了占卜，"蓍龟"亦指德高望重之人。苏轼《祭欧阳文忠公文》曰："民有父母，国有蓍龟，斯文有传，学者有师。""蓍龟"便是如此。

白茅纯束。

读《诗经》，偶遇白茅："野有死麕，白茅包之。有女怀春，吉士诱之。林有朴樕，野有死鹿。白茅纯束，有女如玉。"

《诗经》中的白茅是一种草本植物，草叶修长，青翠柔韧。那个年轻的猎手，就地取材，将刚刚射中的獐鹿，用白茅包裹好，送给他在林中一见倾心的女子，作为见面礼。远在《诗经》年代的白茅，其作用一点不亚于后来的丝绸。如今，凡贵重礼品，其包装物里，总少不了丝绸。丝绸象征美丽、高贵，让人心生爱慕。当年的白茅，大概也有此意吧。

最早接触白茅，并不在《诗经》里。《诗经》离得太远，《诗经》里的植物

野有死麇，白茅包之。有女怀春，吉士诱之。

林有朴樕，野有死鹿。白茅纯束，有女如玉。

舒而脱脱兮！无感我帨兮！无使尨也吠！

却近在身边。家乡的山岗、河边草地上，有一种野草名叫丝茅。它春天发芽，夏天开花，秋天结籽。阳春三月，丝茅草出芽。嫩芽孕育成一个细长的苞，芽头尖尖，如矛如针，也似豪猪身上的毛刺。地上长出了密密麻麻的丝茅草芽，如千千万万枚针矛扎地。因此，这种草芽在许多地方叫作茅针。家乡的语言比较独特，描摹事物往往富有动感效果，叫这种草芽为“茅扎”。

嫩“茅扎”可吃。儿时，“抽茅扎”是馋嘴小伙伴们的一桩快事。到山岗上去，到河边的草地上去，将那些似针矛扎地的草芽一根根抽拔起来。每抽拔一根，都能听见一声“唧哟”。那种很清脆的声音，给人带来一股清爽的甜味。吃过“茅扎”的小馋猫们，一辈子不会忘记那种味道。剥开“茅扎”身上一半鹅黄一半淡绿的外衣，便会露出一根细长的洁白的湿润的柔软的内瓤来。吃的就是内瓤，它除了清爽的甜味，还有一点儿面，嚼起来又筋道。想当年，春天到了，天气一暖，那伙小馋猫们，早早地盯上了房前屋后的草地，盼着那些如针如矛的草芽快快冒尖。

进到夏天，丝茅草便会开花。花白色，似絮似绒，细如小狗的尾巴。其实，它就是小馋猫们最爱吃的白色内瓤。“茅扎”一“老”，那件外衣就会由里到外渐渐鼓胀起来。胀到一定程度，原先裹紧的包衣会裂开一条缝，“茅扎”内瓤即从裂缝里冒出来。遇见了阳光，接触到空气的内瓤，情绪振奋，使劲地伸展身躯，让自己最大限度地暴露在阳光下、空气中。最终，将自己舒展成一束蓬松的荻状绒花。

有花就有实。“茅扎”开花，必然结籽，否则，它凭什么繁衍后代呢？“茅扎”的籽粒很小，小到用肉眼不容易看清，隐藏在绒花之中。风一吹，绒花携带着细小的籽粒，轻轻松松地离开了母体，随风起舞，飘落到或远或近的地方去生根发芽。

感谢李时珍。若无李时珍，我们对于诸多植物的认知，可能还会在懵懂中摸索。他老人家做了大量的功课，把草木的习性特点弄得清楚明白，给后来人以极大的便利。李时珍说："白茅三四月间开白花成穗，结细实。其根甚长，白软如筋而有节，味甘，俗呼丝茅，可以苫盖，及供祭祀苞苴之用。"读李时珍的这段话，对白茅立刻亲近了许多。白茅并不高贵，也不遥远，身边寻常可见。当年那帮小馋猫们"抽茅扎"的丝茅草，其实就是白茅。

丝茅草性喜沙地，少见生于泥地。记得儿时"抽茅扎"的经历。有时性急，用力过猛，会将整棵丝茅草连根拔起。抖落根部沙土，细细长长、约半寸一节的白色丝茅草根，便呈现在眼前。放在水里一摆，泥沙全无，干干净净。逢节处，用两个指甲一掐，"嘎嘣"一响断下一截来。送进嘴里，细细地嚼，吞尽汁水，吐出残渣。汁水味甜，比"茅扎"内瓤更甜。那是清爽的淡甜，这是浓厚的深甜。丝茅草根的味道，印证了几百年前李时珍对白茅的文字记载：味甘。

《千金翼方》曰："治吐血不止，白茅根一握，水煎服之。"吐血不止那还得了，岂不性命堪忧！幸好，世间有白茅在，李时珍慧眼识妙药，以白茅治吐血。没想到，这种味道甘甜的草根，竟是一味救人性命的良药。

读《诗经》，遇草木。追根求源，草木们由远及近，近在眼前。世间万千草木，皆有其独到之用。此后，断不敢轻视一草一木。

彼黍离离。

前几天，有朋友电话相邀，邀我去他的私人田庄一聚，吃顿农家饭。朋友说，米是自种的生态米，青菜在菜园里现摘，鱼在池塘里现捞，鸡在草地上现逮。如此清爽的农家饭，怎不教人向往？

放下电话，想起了唐代诗人孟浩然的诗句："故人具鸡黍，邀我至田家。"依古人待客之道，有鸡有黍，便是好菜好饭，算得上很高规格。"鸡""黍"携手同时现身于文字中，孟浩然不算早，比他早得多的就有《论语·微子》："（丈人）止子路宿，杀鸡为黍而食之。"

时间越千年，人类饮食习惯却没有多大变化。"鸡"类和"黍"类做成的

彼黍离离，彼稷之苗。行迈靡靡，中心摇摇。知我者，谓我心忧；不知我者，谓我何求。悠悠苍天，此何人哉？

彼黍离离，彼稷之穗。行迈靡靡，中心如醉。知我者，谓我心忧；不知我者，谓我何求。悠悠苍天，此何人哉？

饭菜，仍是人们难以割舍的吃食。鸡，靠两条腿、一对翅膀，或走或飞，从《论语》时代，到了唐代，再到今天，依旧是餐桌上的一道风景。黍，却不一样了，很多场合难得一见，让人感到遥远和陌生。

的确十分遥远。作为一种古老的农作物，“黍”的身影在《诗经》里时常出现。《诗经·国风·魏风》有“无食我黍”，《诗经·周颂·良耜》有“其饷伊黍”，《诗经·王风·黍离》有“彼黍离离，彼稷之苗”。似乎《诗经》时代，就是黍的时代，黍无处不在，随处可见。可惜，予生也晚，与古老的黍失之交臂，无缘亲睹黍从苗到穗再到实的生长过程，自然对黍陌生。

身边不见黍，只好请教典籍。《说文》解释：“黍，禾属而黏者也。”这个解释，差不多等于没说。黍之“禾属”，无须求解，读《诗经》《论语》或唐诗，早明白了。唯一收获是“黏”，知道了黍有黏性。黏性并非为黍独有，许多谷物都有黏性。对此，李时珍颇有研究，《本草纲目》说：“盖稷之黏者为黍，粟之黏者为秫，粳之黏者为糯……今俗不知分别，通呼秫与黍为黄米矣。”可见，在李时珍时代，人们已将黍与秫通称为黄米。

说到黄米，不能再说遥远和陌生了。跟鸡一样，黄米至今还是餐桌上的一个角色。在北方，西北、东北皆产黄米。所谓黄米，原来就是黍的果实去壳后的籽粒。黄米好吃好用，除了直接煮粥做饭，还常用来酿酒和蒸糕，以其待客。

在陕北的一些地方，做黄米馍馍，是过年必不可少的项目。时近年关，乡民便拿出一些当年收获的黄米，放在清水里浸泡约一天一夜后，在大石碾子上碾成面糊，再用棉纱布包裹草木灰吸干面糊里的水，面糊成了面泥。加上老酵头，将面泥和匀，放在热烫的大炕上，用被子捂紧，使其发酵。经过一夜发酵，次日早晨，便可以吃上香喷喷的黄米馍馍了。

在北京，有一种小吃叫黄米面炸糕。主料自然是黄米面，辅料有豆馅，还有桂花糖。初出油锅的黄米面炸糕，颜色金黄惹眼，味道香甜可口。

东北人爱吃的黄米黏豆包，是用黄米面加红小豆，且以白糖、桂花酱作为调料做成的。制作方法与做普通包子无异，无非和面、发酵、装馅，最后蒸煮。这种黄米黏豆包，比普通包子吃起来更香，更筋道。

在山西南部、河南北部一些地方，流行一种农家自酿的土酒，是用黄米自然发酵酿成的，名叫黄米酒。据说，此酒具有滋阴壮阳、养肝健脾、开胃消食之功效，是当地人养生保健、招待客人之佳品。

生为南人，属地不产黄米。所幸到过北方，东北、西北也都去过，亲见老乡侍弄黄米，也吃过黄米馍馍和黄米黏豆包。北京的黄米面炸糕，更是熟悉不过。由此，对于原本陌生的黄米，便不再陌生。只是，未曾尝试黄米酒。有机会去山西、河南时，一定记得一尝。诚如此，对于黄米便会有一个更为全面的认识了。

由黄米想到黍，由黍又想到鸡。有鸡有黍，饭食丰盛。想起来了，朋友约定明天去农庄，将在那块乡野之地，“开轩面场圃，把酒话桑麻”。当然，也会好好品尝一番朋友“杀鸡为黍”之厨艺。

芄兰之支。

芄兰是一个极富诗意的名字，有女性阴柔之美，该是某位女子的名字吧。果真是女子，她就是个知书达理的女子，出身书香门第。

芄兰是《诗经》里的一种植物。《国风·卫风·芄兰》曰："芄兰之支，童子佩觿。虽则佩觿，能不我知。容兮遂兮，垂带悸兮。"读《诗经》时，只知道芄兰是一种植物，被那个懵懵懂懂不解风情的童子佩带在身上，作为一种炫耀的饰物。却不知道芄兰究竟为何物，它是否还存在于今人视野之中。从那时起，芄兰便以问号的模样进驻心间，一住就是三十余年。

芄兰之支，童子佩觿。虽则佩觿，能不我知。容兮遂兮，垂带悸兮。

芄兰之叶，童子佩韘。虽则佩韘，能不我甲。容兮遂兮，垂带悸兮。

对于心中疑问，我一直没有放弃寻找答案。当年，书上的解释实在简单，芄兰，一种植物，又名女青。女青，跟芄兰一样，多了一个清新柔软的名字，但我还是不明白女青为何物。在有限的经验积累里，无从查找女青踪影。很长时间里，关于芄兰，逗留在芄兰即女青、女青即芄兰，一个类似于“鸡生蛋蛋生鸡”绕人的怪圈里。

一个偶然机会，读到三国时期吴国学者陆玑的《毛诗草木鸟兽虫鱼疏》。这本书专门针对《诗经》中提到的动植物进行注解，可谓中国第一部动植物专著。无意中发现书上有关于芄兰的注解：“芄兰，一名萝藦。”

有这萝藦之名，便多出一条寻找路径。顺藤摸瓜，竟很快寻到了答案。萝藦，是一种多年生草质藤本植物。藤蔓长可数米，断之，有乳汁。茎圆柱状，下部木质化，上部较柔韧，表面淡绿色，有直纵条纹，幼时密布短茸毛，老时毛渐脱落。叶子心形，面绿色，背粉绿，柄长，顶端丛生腺体。花为总状式聚伞花序，花冠白色，有淡紫色斑纹，近辐射状，花冠裂片披针形。果实黄绿色，近梗蒂处浑圆，果身椭圆，头部尖尖，呈流线型，极似一个肥大的辣椒，但表面比辣椒平整，没有皱褶。

如此介绍文字，越看越觉眼熟，眼前立刻浮现出一幅遥远的图景。少居乡下，大山脚下小河边，是孩子们嬉戏的天堂。至今记得，河埂上草木丛中，有一种喜欢缠绕其他草木的藤状植物。其藤茎极像山芋藤，叶子也极像山芋叶子，花果却不似山芋。山芋很少见花，即便开了也低调，不引人注目；这花却开得热烈，有些张扬夺目。山芋不结果，但有实，实为根茎，不挂枝头，深藏土里。它结果，果似一枚小青瓜，瓜老即开裂，成两只小瓢。内瓤是一些黑色的籽粒，每颗籽粒上都有一丛放射状的茸毛，类似于蒲公英的籽粒，风一吹，籽粒便飞走了。它飞到哪里，来年春天，那地方就会多出这种看似山芋藤、山芋叶子的植物。这种藤状植物，还有一个特点也似山芋，它的藤或者叶柄被折断，即流出白色汁液。其汁液流出量，比山芋更多，颜色更白，近乎羊奶白。

这种藤叶植物，曾经是耕牛口中的美味。牛吃过的草茬上，挂着星星点点的白色汁液，牛嘴角也流溢着大量白浆。似乎牛嘴里咀嚼的新鲜草料汁水太过丰沛，来不及吞咽，便有一部分溢了出来。

在大别山区，人们叫这种多汁的植物为羊奶草，也有人叫老人瓢。羊奶草之名，是因为它的白色汁液而起。至于老人瓢，则是因为它干裂的果实了。

后来，翻开《本草纲目》，从李时珍笔下得到了印证，萝藦即女青。继而，又于明朝天启年间倪朱谟编纂的《本草汇言》中，看到如此描述："萝藦，补虚劳，益精气之药也。此药温平培补，统治一切劳损力役之人，筋骨血脉久为疲痹者，服此立安。"这才知道萝藦原是一味好药。

一直将芄兰视为某种虚无的高雅之物，没有想到，它竟是早年见过至今存有记忆的寻常植物，一种益人之草本。

采葑采菲。

提着菜篮子到菜市场买菜，站在一堆粗大的白萝卜跟前，假装文艺范，说要买两斤菲菲，卖菜的摊贩定会觉得站在他面前的那个人脑子有毛病。

萝卜青菜，各有所爱。喜爱萝卜者众多，虽然它极其平常，甚至低贱。萝卜对生存环境要求不高，南北方皆宜种植。淮河以南的萝卜秋种冬收，一般不在田地里过冬。在南方，萝卜到了春天就会显老。萝卜老的标志是空心，原本结实水润的萝卜内瓤，变成干枯蓬松的絮状物。在吾乡，有句俗语叫“空心萝卜”，意说人上了岁数，身体不再结实，没啥用了。多为自谦之语，也用于调侃。

的确，萝卜一旦空心便不好吃，只能作为饲料去喂猪。

出身低微的萝卜，在众多的菜蔬里，却算得上一样好菜。萝卜的好，好在味道上。新鲜的萝卜，香脆、多汁、味甜，怎么做都是一碗好菜。明末清初的李笠翁，他在《闲情偶寄》里说：“生萝卜切丝作小菜，伴以醋及他物，用之下粥最宜。”清代的袁子才，他在《随园食单》里专门列举了萝卜：“萝卜取肥大者，酱一二日即吃，甜脆可爱。有侯尼能制为鲞，煎片如蝴蝶，长至丈许，连翩不断，亦一奇也。承恩寺有卖者，用醋为之，以陈为妙。”这等有闲情雅致的文人，爱吃且会吃，吃出了常人不可言表的味道和情趣。

萝卜的好，除了味美，还有色美。最常见的是白萝卜，一切两开，汁水汪亮，洁白如玉。偶尔也见青皮萝卜和红皮萝卜，其内瓤比外表更好看。一刀切去，白里透绿，白里隐红，质地极似玛瑙。胡萝卜表里如一，通体粉红，横着切断，可见类似树木年轮的圆圈，又有点像眼睛。据说多吃胡萝卜对眼睛有益。把不同颜色的萝卜切成丁块，放在一起，做成凉拌菜，那颜色真可谓五彩缤纷。

好吃好看，还不是萝卜的最好处。萝卜最大的好处，是它的养生功能。关于萝卜，民间有许许多多谚语：“萝卜上市，医生没事”，“萝卜进城，医生关门”，“冬吃萝卜夏吃姜，不用大夫开药方”，“吃着萝卜喝着茶，气得大夫满街爬”，诸如此类，不胜枚举。元代著名诗人许有壬写下了如此诗句：“熟食甘似芋，生荐脆如梨。老病消凝滞，奇功值品题。”在这位诗人眼里，萝卜生熟都好吃，还能防治小毛病。明代著名医学家李时珍对萝卜极力推崇，主张每餐必食，他在《本草纲目》中说萝卜："大下气、消谷和中、去邪热气。"

除了萝卜本身，萝卜的籽实也有药效。小的时候，因为消化不良，没少喝味道很苦的焦茶。那焦茶便是用萝卜的籽实小火炒制而成，最能消解腹胀。曾经听说，许多人用来降压的中药决明子，其实就是萝卜籽。后来查证，此说有误，决明子只是有点像萝卜籽而已。

萝卜的好，人尽皆知。置身俗世沾满人间烟火味的萝卜，却有一个不俗的别名，尚不广为人知。别名很文雅，叫菲，与芳为邻，人称芳菲，或者一字叠用，叫菲菲，皆为美好的字眼。

不信？萝卜不配以"菲"为名？那就该去请教《诗经》了。在《国风·邶风·谷风》中，会读到这样的诗句："采葑采菲，无以下体？"诗中的"菲"，便是萝卜之类的草本植物。

看来，年代久远的《诗经》，不能不读。否则，某些美好的植物之名就会被遗忘。

采彼艾兮。

很早认识艾，那是一种灵魂有香气的植物。

先在土地上认识艾，而后，又在书本上邂逅。

在土地上认识艾的时候，尚且年幼，才五六岁的蒙童。家里不大的菜园里，专辟出一小块地，用于种植那种散发着奇特药香味的蒿草。它的外形有点像麻，只是个头没有麻高，也有高高直直的茎，也有浅绿灰白的叶，叶子上面同样布满了白色的茸毛。看起来叶面很粗糙，不似别的叶面光洁滑亮。最初以为它是一种蔬菜，有香气的蔬菜也不少见嘛，芹菜，还有茼蒿，都有香气，还都好吃。这块地由祖母亲手种作，我便问祖母，那种有香气的蒿草叫什么？祖母说，叫艾。艾能吃吗？祖母嗔怨道，馋嘴的猫，就知道吃，它的用处比吃强多了，能保人平安吉祥。我又问祖母，为什么能保人平安吉祥？祖母瞪着眼道，孬子孬问！等你长大了娶了媳妇生了娃，自然明白。祖母说得有些神秘，瞪眼却不威严，两只眼窝子里分明流淌慈祥的爱意。

听祖母这么一说，知道了艾与生育有关，但还不甚了了，只信祖母不会乱说。祖母年尊，与村子里同龄的老妇人有点不同，她多一个角色，是个接生婆，村子里许多人家的上下两代人，都是经由祖母双手捧到世上来的。多次见祖母逗村子里那些个半懂事半不懂事的娃娃：“可知道，你呱呱坠地，睁开眼睛看见的第一个人是谁？”娃娃回答说：“当然是我妈。”祖母摇摇头说：“不对，你最先看到的人是我。”娃娃一脸茫然，一溜烟跑回家问他母亲，他母亲说：“对呀，你最先见到的人就是那位张姓老奶奶。”

祖母出诊，上门给人接生，除了让人替她拎着那只由政府配发的医用皮箱，总不忘递给人一束晒干了的香艾。这艾非别人用，为产妇专用。常听祖母慨叹，女人生产真是可怜，差不多到鬼门关走了一遭。所以，祖母去接生总是给人带上一束香艾。这可能就是祖母所说的，艾能保人平安吉祥吧。无意中曾听祖母嘱咐人家艾的用法，将艾与凉水一起下锅烧开，煮上几滚，煮出艾的浓香味，然后给产妇熏蒸沐浴。

关于艾，最初的了解，仅限于祖母的说法，凭一个孩子的见识，以为艾只是本地“土产”“土用”。差不多在十年后，上中学时期，课外读《诗经》，在《国风·王风·采葛》中读

彼采葛兮，一日不见，如三月兮！

彼采萧兮，一日不见，如三秋兮！

彼采艾兮，一日不见，如三岁兮！

到："彼采艾兮，一日不见，如三岁兮！"这才知道，艾并非名不见经传的土俗之物，古书上早有记载。

查阅典籍，艾作为药物，可谓历史悠久，迄今已有两千多年。现存最早一部方书、战国时期《五十二病方》就记载了艾的疗效与用法，以后历代本草均有记载。艾非吾乡特产，许多地方都产艾，尤以蕲州（今湖北蕲春）艾最佳。在湖北蕲春，至今还流传着"家有三年艾，郎中不用来"的谚语。这句民语，源头在于孟子吧。孟子曾说过："七年之病，求三年之艾。"可见，艾的药用价值，被人发现和利用该有多早了。

艾的用途远不止药物。在吾乡，有"端午插艾"的习俗。端午节那天，早早割一束新鲜的香艾，分成两半，交叉插于门楣两端。据说，如此可以驱鬼辟邪。端午节，许多地方都有"悬艾人、戴艾虎、饮艾酒、食艾糕、熏艾烟、洗艾浴"等习俗，甚至有的地方，端午节名字都与艾相关，直接叫"艾节"。

其实，端午时恰逢寒暑气交互转换，蚊虫苍蝇滋生，细菌病毒繁殖，人在此时最易生病。古人缺乏科学观念，误以为人的一切灾害皆因鬼邪作祟所致，所以称五月为"恶月"或者"百毒月"，视端午日为"恶日"。

有恶便有善，善终将战胜恶。有"恶月""恶日"存在，浑身散发着香气的艾，便以保护神的形象挺身而出，保护人类健康平安、吉祥如意。

人多喜艾，因为艾多善意。可能，也因艾音好听，艾便是爱。可否这样认为，地生艾，便是大地对人类的关爱？

其甘如荠。

很早认识荠菜，它是身边一种野菜。对荠菜有亲切感，类似对儿时的小伙伴。

在家乡那有山有水、不温不寒的丘陵地区，荠菜随处可见。田间地头，乡路两边，只要能生草的地方，都是荠菜的地盘。

春天一到，天气回暖，许多草木尚在返青的梦寐中，荠菜率先绿了。零星的绿，散落在枯草丛中，很不起眼。蹲下身子细看，那种绿色小草，体形如心，叶片如羽。等到草木葱茏时节，荠菜便会被淹没在万绿丛中。或许还能找到它的身影，那时它会开出一种与众不同的花，远看如满天星斗，近看如米粒洒地。

大概因为荠菜开白花，花小如米，在吾乡，它不叫荠菜，叫地米菜。偶尔，也有人叫它护生菜。

这“护生”二字，可不是乡人随口说的。原来地米菜在吾乡只是一种卑贱的野菜，每岁春荣冬枯，自生自灭。乡人发现，放养的猪到了野外，最喜啃食地米菜。于是，打猪草时，便将地米菜同其他野草一起纳入篮中。后来，遇上灾荒，口粮不够吃，乡人不得不去野外找食，便将地米菜作为充饥的对象。采回洗净煮熟，一尝，地米菜竟与自家种的菜蔬没两样，绝无异味，还多些淡淡的香甜。

地米菜不仅救人于灾荒，还救人于病痛。遇腹泻，遇水肿，遇内伤吐血，以及妇人崩漏，乡人会求乞乡间土郎中。土郎中给出的药方很简单，多是地米菜，再佐以车前草，或者蜜枣、龙牙草之类，用水煎服。反复几次，果然病愈。由此，乡人看出，此菜大善，真的护生。

关于荠菜的功用，古人也有文字记载。南朝齐梁陶弘景《名医别录》曰：“利肝和中。”明朝李时珍《本草纲目》曰：“明目益胃。”清朝赵学敏《陆川本草》曰：“消肿解毒，治疮疖、赤眼。”

历代文人墨客，多爱食荠菜，且将荠菜写入诗文。范仲淹专门写有《荠赋》：“陶家翁内，腌成碧绿青黄，措入口中，嚼生宫商角徵。”苏轼是文学家，也是美食家，他好荠菜，亲自动手把荠菜做成美味佳肴。苏轼《与徐十二书》中道：“今日食荠极美……虽不甘于五味，而有味外之美，其法取荠一二升许，净择，入淘米三合，冷水三升，生姜不去皮，捶两指大同入釜中，浇生油一蚬壳，当于羹面上……不得入盐醋，君若

行道迟迟，中心有违。不远伊迩，薄送我畿。

谁谓荼苦，其甘如荠。宴尔新婚，如兄如弟。

知此味，则陆海八珍，皆可厌也。”不是饮食行家，说不出这些做菜的道道。清代“扬州八怪”之一的郑板桥诗曰：“三春荠菜饶有味，九熟樱桃最有名。”郑板桥会吃，他最爱吃三春的荠菜、九熟的樱桃。

最早将荠菜入诗的，是《诗经》。《国风·邶风·谷风》曰：“谁谓荼苦？其甘如荠。”简简单单八个字，以荼之苦，反衬了荠之甘，足见远在《诗经》时代人们就爱荠菜的甘美了。

荠菜，这种从《诗经》里走出，一走便走过了三千年历程的草本植物，因其护生，大受世人欢迎。如今，该野菜一点都不野了，大棚里天天有产出。于是乎，好荠菜者有口福了，一年四季皆有新鲜荠菜可食。

到饭馆，菜有荠菜肉圆子，荤素搭配，口味刚刚好；主食有荠菜饺子，还有荠菜包子。喜欢哪样，自己点吧。

若嫌不够味，专程回趟家乡吧，吃一口清炒地米菜。那味道，除了满足口福，或许还能消解乡愁呢。

彼茁者蓬。

三千年后，那个叫蓬的植物，忽然觉得很憋屈。蓬，没有得到应有的喜爱和尊重。

身为一种不受人欢迎的野草，蓬，并不自贱。它没忘记自己本是名门之后，祖先登过大雅之堂，家族是从《诗经》里走出的。

还别不信，《诗经》里真有蓬的身影。在《国风·召南·驺虞》诗章中，你会遇见蓬："彼茁者蓬，壹发五豵。于嗟乎驺虞！"春日的田野，蓬蒿初生，茁壮成长。那时的蓬，已然是《诗经》里面一道美好的风景。

今人提起蓬，似乎多是贬义。别的

文字不愿意承担的义务，被强加于蓬。比如，形容散乱时，便说蓬，动辄“蓬乱”“蓬头垢面”。还有，明明是一间简陋的草棚，不说草棚，偏说“蓬厂”；人家房屋上那扇破败的窗户，与蓬毫不相干，却偏叫“蓬窗”；某人穷困了，不关蓬的事，那户人家竟自称“蓬筚”。

蓬，曾三省吾身，却怎么也想不明白其中的道理。为什么诗书传家的蓬，竟到了草芥不如的地步？

蓬，难忘自己的青葱岁月。明媚的春光里，蓬青翠欲滴，是人们餐桌上的一碗好菜。带着一股淡淡的药香，吃到嘴里，让人顿感神清气爽。遗憾的是，受人欢迎时，人们并不叫它蓬，而是叫它另外一个名字：蒿。在食物大为丰富都不知道该吃什么的今天，人们也没有舍弃作为美食的蒿。在江淮地区，人们习惯春天吃蒿子粑。蒿子粑以米粉为主料，拌以捣烂成泥的嫩蒿子头，搓成圆球，再压扁成饼形的粑，贴在锅壁上淋油烤熟了吃。难怪有人好那一口，蒿子粑实在味香诱人。蓬很郁闷，那香气明明源自蓬，却没有蓬的功劳，甚至连个名分也不给蓬。

蓬也有过引人注目的时光。青葱的岁月之后，蓬有了窈窕的身材，少女一般亭亭玉立。细条的叶子，极似女孩的眉眼，叶的边缘生出些长长的睫毛。到了夏天，蓬开白花，花形如舌。蓬很自豪，其他果实成熟，只能瓜熟蒂落，蓬不一样，成熟的籽实非但不落，还会飞。蓬的籽粒如蒲公英，自备了小型“飞翔伞”，遇风便飘扬起来，把子孙后代送到更远的地方去。蓬的籽粒在空中轻扬，如花似雪，姿态优美，却无人点赞，倒是对如蓬飞扬的蒲公英大加赞美。人们只承认蓬也能飞，

彼茁者葭，壹发五豝。于嗟乎驺虞！

彼茁者蓬，壹发五豵。于嗟乎驺虞！

在它名字前加了个“飞”字，叫它“飞蓬”。

不光好吃好看，蓬，还是一味好药。在《本草纲目》中，蓬，有新的名字，叫鱼胆草，或小山艾。其性微苦、辛、凉，有清热利湿、散瘀消肿之功效，内服可以治肠炎、痢疾、传染性肝炎；外用治牛皮癣、跌打损伤、疮疖肿毒。蓬，凭借自己一身本领，救死扶伤，竟有功无名。

无名事小。一旦被诗人写进诗句，蓬就会无端被污名化。诗仙李白在《南陵别儿童入京》诗中狂妄直呼：“仰天大笑出门去，我辈岂是蓬蒿人。”在李白的眼里，“蓬蒿”之辈简直是胸无大志的庸物。诗圣杜甫，原以为他还算沉稳，孰料到他一高兴也便忘乎所以，随随便便拿蓬来说事。在《客至》诗中，杜甫见客人来了，竟也出语轻佻：“花径不曾缘客扫，蓬门今始为君开。”杜甫住草堂，却不直说自家的门是草门，偏说是蓬门。

每读这些带“蓬”的诗句，我都发现，蓬，总是被人轻蔑。

采葑采葑

很长时间里，以为芥菜只是家乡土菜，别处不产也不吃芥菜。离开家乡出来工作，生活在江南江北几个城市，均没吃过芥菜。直至后来出行到外省偶尔吃上芥菜，才知道芥菜其实是一种有名且有故事的菜蔬。

家乡的芥菜与白菜、萝卜一样，同属越冬农作物。秋天撒种育苗分栽，冬春两季采摘食用。芥菜似乎比白菜、萝卜上市稍晚些，在市时间也短。白菜名副其实，菜秆子雪白雪白，又长又宽，占了菜体很大部分。芥菜不同，菜叶和菜秆子都是绿色的，叶子两面皆生细毛刺，秆子又长又宽很壮实。印象中，芥菜与白菜吃法也不一样，吃白菜趁嫩，芥菜上桌时往往带着老气。

芥菜尚嫩时白菜正在市，白菜味道又比芥菜好，白菜味甘，芥菜苦涩，人们宁吃白菜不吃芥菜。等白菜下市再来吃芥菜，芥菜自然不嫩了。不过，芥菜不嫩也没关系，乡人自有办法。要么将芥菜连秆带叶剁碎，拌上细盐，腌制成咸菜；要么将剁碎的叶和秆焯水后晒干，与干咸肉为伍文火烹煮。最好吃的还不是这些，是芥菜的根茎。芥菜老了，地里头会长出一根又长又粗的根茎，状如莴笋。吃法也似莴笋，将坚实的表皮削除，只剩下脆嫩的芯。芥菜根茎有个挺有意思的名字，乡人叫它“菜婆子”。这名字乡土味道浓，却极富文艺气息。无独有偶，用于做种的红芋在出了红芋苗子后，被叫作“红芋娘子”。不过，“红芋娘子”极其败味，烂兮兮的很难下咽。“菜婆子”不一样，鲜香嫩脆，口感极佳。倘若配上韭菜一起炒，美观又美味。少年时曾吃过韭菜与“菜婆子”配伍下挂面，那种鲜香味至今想起还垂涎不已。

离开家乡后，在很长一段日子里，几乎忘记了世间还有芥菜。后来在家乡以外吃到芥菜，印象中只有两次，都在外省。一次是在浙江温州，那天赶上了“龙抬头”日——农历二月初二。到饭店吃饭，朋友点的主食是一份芥菜饭。起先，听朋友点芥菜饭时，以为那是一份汤饭，即江淮地区流行的菜泡饭：将米饭放进水里加上些剁碎的青菜一起泡煮，吃起来有粥的调和，亦有米饭的筋道和爽口，很受食客欢迎。温州芥菜饭不过是将菜泡饭中的青菜改为芥菜罢了，我这么想象着。待主食端上桌才发现芥菜饭并非芥菜泡饭，而是将剁碎的芥菜与大米一起下锅煮熟的菜饭。那份芥菜饭颜色极美，芥菜的绿氤氲于米

习习谷风，以阴以雨。黾勉同心，不宜有怒。

采葑采菲，无以下体？德音莫违，及尔同死。

饭的白中，极似白中含翠的玉石。闻起来香，吃着可口，没有芥菜的苦涩味。

芥菜饭分盛到碗，朋友介绍二月初二吃芥菜饭是温州地区的传统习俗。相传，清朝乾隆皇帝微服私访到温州一户人家。这户人家家贫却又好客，扫了米桶也煮不成一碗米饭，女主人灵机一动想到了以菜充米，将地里的嫩芥菜掰了些回来，剁成碎丁与米一道下锅烹煮。乾隆皇帝吃腻了大鱼大肉山珍海味，吃到那碗白中含绿的芥菜饭龙颜大悦，问主人这是什么饭，他可从未吃过这么好吃的饭。由此，芥菜饭便传开了，温州人纷纷学做。乾隆皇帝吃芥菜饭那天是二月初二，温州人便在每年二月初二做芥菜饭吃，以示纪念。《瑞安县志》对“芥菜饭”尚有记载：“取芥菜煮饭食之，云能明目，盖取清精之义。”

还有一次是在广东。岭南种蔬菜似乎不论时节，随便撒点种子都能收获。时值深秋，在岭南吃上了在家乡只有春天才能吃到的芥菜。

无意中发现芥菜是一种古老的植物，至少先秦时期就存在了。在《诗经》中读到这句：“采葑采葑，首阳之东。”便对“葑”进行了一番追究，得到了陆玑的说法：“葑，芜菁。幽州人或谓之芥。”原来，今天的“芥”，就是先秦的“葑”。

此后，每每在餐桌上见到芥菜，我便想起《诗经》里的句子，面前的那碗菜蔬，便多出一股文雅的味道。

木叶动秋声

辑二

深秋晴暖，周日得闲，在小区里漫步。小区绿化尚好，花卉草木繁茂。

山有扶苏。

“山有扶苏”，出自《诗经·国风·郑风》。“山有扶苏，隰有荷华。不见子都，乃见狂且。”扶苏是树木，枝繁叶茂的树木。也有人将扶苏理解为一种树名，据说是桑树。那种树，能长出大片肥厚的绿叶，用以养蚕；能结出晶亮紫红的桑葚，味道甜美。

于《诗经》里读到“山有扶苏”，眼前并没有呈现出山上茂盛的树木，也没有发现那位于大树底下约会美男子的妙龄少女，倒是想起了另外一个人，他叫“扶苏”。熟悉那个名叫扶苏的人，是在语文课本上。《陈胜吴广起义》那篇课文中，有一句话一直不忘：“当立者乃公子扶苏。”

“扶苏”者谁？秦始皇之长子也。时人称之为“公子扶苏”，或“扶苏公子”。后世一直延续了这种称呼，“扶苏”前后，总少不了“公子”字样。如此称呼，明显有一种亲切和尊重的味道。

后来人尊崇扶苏，绝非源于扶苏是历史上第一位皇太子，而是因为扶苏的为人。史书记载，公子扶苏是一位具有政治远见的人物，他贤明仁厚，备受拥戴，父亲秦始皇却常常对他不快。原因是公子扶苏性情直爽，敢于谏言。听不得反面意见的秦始皇，一度视其为政敌。

秦始皇三十五年，侯生、卢生讽议秦始皇的暴戾，且因此逃亡。秦始皇勃然大怒，下令逮捕审问所有儒生。儒生们相互告发，牵连了更多的人，四百六十名儒生被秦始皇活埋于咸阳。扶苏反对秦始皇焚书坑儒，多次上书力谏：“天下刚刚安定，边远地区百姓尚未归附，儒生们诵读并效法孔子言论并无大错，应该让人说话。陛下严刑处置他们，我担心因此天下不稳。望陛下明察。”扶苏屡次持不同政见，终于触怒了秦始皇，被秦始皇赶出了朝廷，前往上郡监督大将军蒙恬修筑万里长城，抵御北方游牧民族入侵。

秦始皇三十七年冬天，秦始皇巡游途中病重，遂令赵高写遗诏给扶苏，让扶苏将兵权交给蒙恬，赶快回咸阳主持丧事并继承帝位。当时遗诏已封好，尚未来得及交给使者送去，秦始皇突然驾崩。赵高、李斯等人与秦始皇小儿子胡亥阴谋篡改遗诏，立胡亥为太子。同时伪造一封遗诏，列举扶苏和蒙恬种种罪名，勒令他俩自杀谢罪。

胡亥派使者将伪造的遗诏送到上郡，扶苏接到遗诏，一阵痛哭，抹干眼泪即要自杀。蒙恬上前阻止说：“陛下如今在外，还未立太子，派我率领三十万大军把守边疆，让公子你来监督，这是关系天下安危的重大任务！如今一个使臣到来，你就自杀，怎知道这里面有没有诡计！我请求你重新请示一下，等情况明确了再死也不迟！”使者见状，便在旁边一再催促逼迫。柔弱愚忠的扶苏对蒙恬说：“父让子死，还请示什么？”说完拔剑自刎。扶苏死后，胡亥登基，是为秦二世。

秦二世三年，丞相赵高已牢牢把持朝政。此时，他的野心极度膨胀，企图自立为帝，便指鹿为马，清洗朝臣，最终派人谋杀了屠尽兄弟姊妹成为孤家寡人的秦二世。

《史记·秦始皇本纪》载，二世死后，“立二世之兄子公子婴为秦王”。子婴系扶苏长子，在位仅四十六天，无奈投降刘邦，秦朝失去天下。

后世有一种说法，假如扶苏公子不自杀，登上了皇位，治理天下，则大秦王朝不至于那么快灭亡。说法或有道理，失民心者必然失天下。公子扶苏是一位深得民心的贤君。唐人杜牧《阿房宫赋》曰：“灭六国者六国也，非秦也。族秦者秦也，非天下也。”说的正是这个道理。

曾经思考一个问题，“山有扶苏”与“公子扶苏”有无关联？“山有扶苏”在前，“公子扶苏”在后。或许，秦始皇爱读《诗经》吧，喜欢长子，便以“扶苏”二字为长子命名。秦始皇一定希望他亲手植下的这棵小树，能长成参天大树。

可惜，气吞山河的秦始皇，终究左右不了身后之事。

棠棣之华

春日里，在合肥城西清溪小镇花市上溜达，于一盆灌木花卉前停下了脚步。

那盆小灌木看起来像桃，树干像桃，树枝也像桃，花朵更像桃。其时正值花期，满树粉色花朵，密集地缀在枝上，拥挤得恨不能重叠堆积起来。正是那些开得热热闹闹的花朵，召我停步，站在盆景前看个热闹。

那些粉红的花瓣，那些细长的花蕊，还有花朵缝隙之中挤出来三两片窄长而顶端尖锐的叶子，青碧之外镶嵌着绛紫，怎么看那物都似桃。于是问花店老板："请问老板，这棵栽在盆里的桃树会结果实吗？"

花店老板是一位戴着眼镜的中年男子，此刻他正坐在店堂最里边，背靠墙壁，

常棣之华，鄂不韡韡。凡今之人，莫如兄弟。
死丧之威，兄弟孔怀。原隰裒矣，兄弟求矣。
脊令在原，兄弟急难。每有良朋，况也永叹。
兄弟阋于墙，外御其务。每有良朋，烝也无戎。

面朝门外，伏在桌子上看书。忽听有人询问，他抬起头来，顺手摘下眼镜，朝我笑呵呵地说："那可不是桃树，但它是会在盆里结出果实来的。"

我继续追问："它不是桃树，是什么树呀？"老板说："它是一种李树，名叫郁李。"老板好像忽然想起了什么，又补充了一句："这树在古时候还有个好听的名字呢，叫棠棣。"棠棣，它就是棠棣？！我原以为棠棣只是个古老的树种，如今已不复存在，没想到，在这闹市之中，竟然遇见了老旧书卷中古远的意象。

那一刻，由"棠棣"二字，我想到了《诗经》里的句子："常棣之华，鄂不韡韡。"常棣就是棠棣，也作唐棣。果不其然，我亲眼看到了，棠棣花开繁荣，绽放灼灼光辉。当然，《诗经》是用了比兴的手法，言在棠棣，意却不在棠棣，而在兄弟之间。兄弟之情，如棠棣花开，彼此挨得很近，贴得很紧，亲密无间。所以，后面紧接着再来一句"凡今之人，莫如兄弟"。眼前那一片粉红花朵，瞬间变成了一帮亲密无间的兄弟。

可能是老板看到我在走神，以为我不信他的话，又特别强调一句："秋天你再来吧，那时你就能看到枝头挂满硕果。"老板是生意人，开花店是为赚钱，难道他不希望这盆棠棣早日卖出去？还要等它在这里结出满树的果实？我以狐疑的眼光看着老板，老板似乎突然明白过来，解释道："你不用担心，这个品种的盆景我手头很多，不会一次卖完。这一盆被人买走了，我立马就会补上一盆，店里总有这样一盆。"

听老板如此一说，我决定就买这盆棠棣。原因很简单，我喜欢它正绽放的一树繁花，且有一个富有诗意又让人感受到亲情温暖的名字。

为了养好这盆棠棣，我没少翻阅书籍，希望对棠棣有更多了解。棠棣既是花卉，也是果树，还是药材。棠棣的花似桃花，棠棣的果却不像桃，比桃小多了，倒是很像樱桃，但口感没有樱桃那么好，有点甜，有点酸，还有点涩。所以，棠棣更多时候是做观赏用的风景树，未见谁将其引进果园作为果树。

因为这盆花卉，我还专门找到了白居易的《惜郁李花》："树小花鲜妍，香繁条软弱。高低二三尺，重叠千万萼。朝艳蔼霏霏，夕凋纷漠漠。辞枝朱粉细，覆地红绡薄。由来好颜色，尝苦易销铄。不见莨荡花，狂风吹不落。"不养那盆棠棣，估计便无缘相识白居易的这首诗。"树小花鲜妍，香繁条软弱。"读了这首诗，我对棠棣之华印象更加深刻，心里也多出一份怜惜。

因为这盆花卉，我在小区里的绿化林地里认出了一株棠棣。也是在春日里，三月底或者四月初吧，我被小区里的一棵树吸引住了。它开着一树粉红色的花，极似我家的棠棣花。后来花谢了，枝头上出现了许许多多绿色的小圆点，我以为那是一株樱桃树。有一天在树底下遇见一位剪草的园艺工人，一问方知这树并不是樱桃，而是郁李。

某日，偶然读到李商隐的两句诗："棠棣黄花发，忘忧碧叶齐。"心头一惊，棠棣还有开黄花的？义山先生是否弄错了？我知道有一种开黄花的类似植物名叫棣棠。丰富多彩的汉语言真是太绕人了，完全相同的两个字，颠倒一下先后次序，就变成了两种不同的植物名称。

或许，义山先生没有错，棠棣和棣棠很可能曾经是一回事。"棠棣之华，鄂不韡韡"。那花有的洁白如雪，有的粉红如霞，有的火红似锦，有的则是金灿灿一片。

椒聊之实。

深秋晴暖，周日得闲，在小区里漫步。小区绿化尚好，花卉草木繁茂。突然间，小溪边一株小乔木把我的目光拽了过去，牵引我走上一条小径，三步两步走到了那株小树跟前。

这棵小树略高于成年人，有枣树一样的叶子，碧绿的叶面有一层厚实的蜡质，显得很是光鲜逼人。它的树干和枝条上也生有类似枣树的刺。未见树上挂果，原以为是树还幼小，没到开花结果的时候。在此之前，我一直当它是一株栽种不久的小枣树。小区里这样的枣树见过不少，开米粒般的细小白花，结手指头大小的小青果，到秋天有大人小孩绕着枣树转，

椒聊之实，蕃衍盈升。
彼其之子，硕大无朋。
椒聊且，远条且。

椒聊之实，蕃衍盈匊。
彼其之子，硕大且笃。
椒聊且，远条且。

似在围观一桩新鲜物。

直到这天，我才发现它不是枣树。因为它挂果了，果实不是枣子，是一些貌似赤小豆的小红果。深红的小果子，成群成堆，密密麻麻地聚在一起，树上原本比较稀疏的树叶便无法遮盖果实。

走到那棵树前，注视着那片丰盛的小红果，有一种似曾相识的感觉。寻思之际，我发现在离这棵树不远处的石凳上坐着一位老人，他朝我抑或是朝这棵树看着，传递出一种亲切友好的笑意。我便积极回应老人家，跟他打了个招呼，而后向他请教，这是一棵什么树。

老人家轻言细语，略带骄傲和怜爱的语气告诉我，那是一棵花椒树。而且他还主动告诉我，这棵花椒树是他领养的，三年前栽种的，今年第一次挂果。原来这是属于他的树，所以他坐在那里陪着这棵树。

花椒？哦，它就是花椒树！难怪我对它的果实似曾相识呢，花椒我还见得少吗，它可是厨房里不可或缺的调料啊，没有它人们的日子兴许会乏味许多，甚至有些地方的人见不到花椒就吃不下饭呢。

听见“花椒”二字，我的味蕾立刻活跃起来，满口生津，反复吞咽，总觉得有一股特殊的香和麻。味觉反应尚未平静，听觉上又来了反应。有一个旷远的声音，古腔古调，渐行渐近，在吟诵《诗经》。我听得出来，那人吟诵的是《诗经·国风·唐风》里的句子：“椒聊之实，蕃衍盈升。”眼前这些密集的小红果，非常贴近这个古老诗句里的美好意境。

想起《红楼梦》第十六回，贾元春入选凤藻宫那一部分，

“国舅爷”贾琏和凤姐的一次有关“省亲”的对话里多次出现“椒房”一词。“椒房”，何谓？书中的“凤藻宫”以及住在凤藻宫里的贾元春本人都可以叫作椒房。古时候皇宫里后妃居住的宫室，因以花椒籽实的粉末和泥涂抹墙壁，屋里温暖芳香，居住舒适怡人，又顺理成章给人多子的联想，故名椒房。后人便也以椒房代称后妃。

想到这里，对于小区里的人们领养果树的因由，越发清楚明白起来。枣树，会让人联想到早生贵子；柿子树，能让人想到事事如意；石榴树呢，该是同花椒树一样，因为那些密集繁多的籽实，寄托了人们多子多福的朴素愿望。

梧桐生矣。

“凤凰鸣矣，于彼高冈。梧桐生矣，于彼朝阳。”凤凰是神鸟，梧桐却是俗物，二者如何到一起？心里有些犹疑，思绪离开诗句，随手放下《诗经》。

印象中的梧桐，是在许多城市里多见的行道树。它有高大的树干，茂密的树枝，阔大的树叶。夏日里，它巨大的树冠给地面遮出一大片阴凉。在我身边就有这样的梧桐树，合肥市包河区芜湖路上的梧桐树，便是合肥老城区特色景观之一。那些梧桐树，树龄都在五十年之上，树干盈抱。东西走向的芜湖路，南北两边种的都是梧桐树。在城市园艺师的精准引导下，道路两旁的梧桐树缓慢朝上发

凤凰于飞，翙翙其羽，亦集爰止。
蔼蔼王多吉士，维君子使，媚于天子。

凤凰于飞，翙翙其羽，亦傅于天。
蔼蔼王多吉人，维君子命，媚于庶人。

凤凰鸣矣，于彼高冈。梧桐生矣，于彼朝阳。
菶菶萋萋，雝雝喈喈。

展，各自向道路中央伸出粗壮的手臂。斜伸的手臂越伸越长，南北两边梧桐树终于在空中握手，街道上方仿佛罩了一个巨大的绿色天棚，挡住了头顶上白花花的烈日，炎炎夏日里，芜湖路上一路水墨氤氲，清凉怡人。

因为美观和阴凉，市民们喜爱梧桐树。不过，梧桐树也给市民带去了不小的烦恼。春天里，梧桐树开出花来，总有许许多多咖啡色茸毛漫天飞舞，往人鼻孔、眼睛里面钻，把人呛得鼻涕直流，睁不开眼睛。直到花期结束，梧桐树枝头挂满小球球时，纷飞四窜的茸毛才偃旗息鼓，销声匿迹。可能正是因为这一点，许多城市不得不忍痛割爱，砍了不少有年头的梧桐树，新栽的树种也不再选择梧桐树。

我忽然想起，无论是芜湖路上繁茂而又有沧桑感的老梧桐，还是别处同样是茸毛纷飞让人愁的年轻梧桐树，在它们名字前面都该加个定语，明确那是法国梧桐，是一种多见的外来物种。《诗经》里的“梧桐生矣”，说的肯定不是这种植物。《诗经》时代，这种外来物种还不知在哪儿呢。《诗经》里的梧桐，或者说古人心目中能引来金凤凰的梧桐树，究竟是怎样一种树呢？我没见过凤凰鸟，有没有于无意中见过能让凤凰栖息的梧桐树呢？我不敢确定。

拿起《诗经》，继续吟哦，或许书上有答案。果然，书中有注解，“梧桐生矣”中的“梧桐”指的是“中国梧桐”，也叫“青桐”。说到中国梧桐，我的心中没有具象，只是相信那种让凤凰栖息的梧桐树必定是中国梧桐树。至于青桐，我是有印象的。老家在大别山东麓，山上树种繁多，有青桐树。乡人靠山吃山，生活中用到的许多东西都来自山上。与青桐有关的东西，我知道的就有两样。

一样是青桐树的皮。青桐树的皮像麻一样，有坚韧的长纤维，能够搓绳子。山里人家用的绳子不是麻绳，就是青桐树皮绳子。另外一样是青桐树的叶子。青桐树有很阔大的叶子，比巴掌还大，差不多有蒲扇那么大。碧绿的叶面很光滑，没有茸毛，干净光洁。叶体也厚实，很坚韧，不易撕烂。而且，气味又好闻，有一股淡淡的草叶香。

老家属长江流域，生活上秉承南方人的习性多一些。主食是米饭，面食吃得少，因而稀罕。每年端午节，恰好新麦上市，家家户户都会认认真真地吃一次面食，做小麦粑粑。

因为不常做面食，吾乡人家不备蒸馒头的专用器具，比如笼屉。乡人做的小麦粑粑多半是在饭锅里蒸熟的，为了避免小麦粑粑粘上饭粒，乡人就得想办法。有的人家在饭头上铺几片南瓜叶子，将面团放在南瓜叶子上，蒸熟的南瓜叶子还能当菜吃。这种做法并不尽如人意，南瓜叶子容易烂，小麦粑粑多少还会粘上饭粒，看上去不是很清爽。也有的人家不用南瓜叶子，而是用一种阔大的树叶子，我家当年便是这样。那时候我不知道这叶子来自何种树，只知道它叫粑叶子。用它铺在饭头上，开锅时米饭是米饭，粑粑是粑粑，叶子是叶子，清清爽爽，互不粘连。且满锅都是清香味，粑粑和米饭里都有一股来自山野的绿色草木清香。

我家用的粑叶子，每年都是姑姑于端午节前送来。姑姑家住十里开外的大山里，山上有那种长粑叶子的树，我家附近的村子里没见过这种树。有一年正月，我去姑姑家拜年，在姑姑家门前大路边看到一棵奇怪的树。它好像只有光秃秃的一根树干，又细又长又直，足有两丈高吧，下边没有枝丫，到树梢头才分出几个小丫杈。树干颜色也与众不同，别的树干多是褐色或者灰色，它却是青色，青得逼人眼。我好奇地问姑姑那是什么树，姑姑说，粑叶子树啊，你过几个月再来，树叶子长出来了，姑摘叶子蒸粑粑给你吃。我又指着它的树干问，这树咋这么青呀？姑姑说，这树本来就姓青，这青色树皮可是有用的，能搓绳子，还能化浆造纸，这皮叫青桐皮。姑姑没有明说这树叫青桐树，我当时就曾琢磨过，长青桐皮的树不就是青桐树吗？

读《诗经》，遇“梧桐”，梧桐原来是青桐，青桐才是真正的梧桐。合肥芜湖路上那些很好看的法国梧桐，其实并非梧桐，而叫悬铃木。因有点像梧桐，人们叫它法国梧桐。凤凰栖梧桐，栖的可不是法国梧桐，而是青桐，也叫中国梧桐。

庄子在《秋水》里也曾提及“梧桐”：“南方有鸟，其名为鹓雏，子知之乎？夫鹓雏，发于南海而飞于北海，非梧桐不止。”鹓雏，传说中与鸾凤同类的鸟，从南海飞到北海，漫漫途中不随便落脚，遇见梧桐才肯栖息。想起青桐树，我似乎明白了鹓雏为何仅择梧桐而栖。青桐树皮光洁，浑身清清爽爽，才能吸引高洁的鹓雏停驻。

早知道这种青桐树就是吸引凤凰的梧桐，我该采回一株青桐苗来，栽在我家老宅门前。梧桐生矣，凤凰还能不来吗？栽了青桐树，或许我便有幸一睹神鸟凤凰的风采呢。

东门之杨

在我早年记忆里，对杨树一直心怀敬意。那敬意源于一篇课文，茅盾先生的《白杨礼赞》。很长时间里，一提到杨树，我就想起茅盾先生笔下的白杨："那是力争上游的一种树，笔直的干，笔直的枝……它伟岸，正直，朴质，严肃，也不缺乏温和，更不用提它的坚强不屈与挺拔，它是树中的伟丈夫！"

后来，于《诗经》中读到《东门之杨》："东门之杨，其叶牂牂。昏以为期，明星煌煌。东门之杨，其叶肺肺。昏以为期，明星晢晢。"我对杨树印象生变。杨树，这个铁骨铮铮的汉子，其实也是个多情种子。人约黄昏后，星耀杨树梢。时在夏天，树木葱茏，东门之杨，枝叶婆娑。先秦的男女也真够浪漫，把夜会的地点选择在城池东边的一片杨树林里。风过林间，树叶沙沙，有如情侣窃窃私语。从此，见到白杨树我便想起《东门之杨》，由《东门之杨》自然想起一个词语：铁骨柔肠。

也不知是从哪年哪月开始，我对杨树看法彻底改变，由敬佩直接沦为鄙夷。究其原因，无他，只因为一个成语在我眼前浮现：水性杨花。《红楼梦》第九十二回写了这么一句话："大凡女人都是水性杨花。"虽不认可作者如此武断偏激之说，我还是记住了句中起关键作用的贬义词：水性杨花。

水性我当然了解。水，无形，易变。拿杯装水，杯是什么形状，水就是什么形状。拿碗盛水，水亦成碗状。没有容器时，水就瘫倒在地上，越瘫越薄，薄到全无。杨花也不陌生，就是柳絮之类，貌似雪花。因为生错了季节，杨花才没有成为雪花。否则，它就是雪花，是水的化身。

后来才知道，作者可不是信口开河，写进书中的词语是有典故的。《梁书》载："杨华，武都仇池人也。少有勇力，容貌雄伟，魏胡太后逼通之。华惧及祸，乃率其部曲来降。胡太后追思之不能已，为作《杨白花》歌辞，使宫人昼夜连臂踏足歌之，声甚凄婉。"《南史》亦载："杨华本名白花，奔梁后名华，魏名将杨大眼之子也。"胡太后为杨白花作的乐府词是："阳春二三月，杨柳齐作花。春风一夜入闺闼，杨花飘荡落南家。含情出户脚无力，拾得杨花泪沾臆。秋去春还双燕子，愿衔杨花入窠里。"杨白花南投之后，胡太后思念过度，无心打理朝政。秀容人尔朱荣乘虚而入，颠覆了由胡太后执掌的朝廷，且将胡太后和小皇帝沉入河中淹死。后人谈起此事，遂以"水

东门之杨，其叶牂牂。昏以为期，明星煌煌。

东门之杨，其叶肺肺。昏以为期，明星晢晢。

性杨花”嘲弄胡太后花心坏事，身败名裂。其实，植物是无辜的，好恶变化全在于人的主观态度。

有一年，在河南开封跟朋友闲聊，听到这样一句话：“前不栽桑，后不栽柳，院里不栽鬼拍手。”桑树和柳树自不用问，说得很明确，“鬼拍手”是什么树呢？当地朋友介绍，“鬼拍手”是指白杨之类。这名字虽是阴森可怖，倒是形象贴切。夜深人静，风吹白杨，树叶啪啪作响，疑似头顶上方传来阵阵轻微的掌声，岂不令人毛骨悚然。

由此想到《东门之杨》，不得不佩服古人，浪漫之外，还有大胆。黄昏时分出门，来到人迹罕至的荒郊野外，在风吹树叶如鬼拍手的杨树林中，恭候伊人，守约通宵。这事儿，今人或许不会做了。

隰有苌楚。

“隰有苌楚，猗傩其枝。”“隰有苌楚，猗傩其华。”“隰有苌楚，猗傩其实。”读《诗经》，看注解，陌生的古老物种“苌楚”，原来竟是我熟视无睹的猕猴桃。

第一次见到猕猴桃，是一位家住深山的朋友送我的几枚从山上采摘的野果。很不起眼的野果，当时我根本没当回事。个头大者如鸭蛋，小者如鸡蛋。也不好看，没有桃的红艳，也没有苹果的光鲜，青灰色表皮上长了一层让人不愿意亲近的茸毛。这野果不能到手就吃，还硬邦邦的，得放一段时间，等果子通体柔软了，才能将表皮撕开，食其内瓤。我记得第一次到手的猕猴桃并未到嘴，不知其味。

开始不能吃，能吃时忘了吃，想起来时它又不能吃了，烂成一摊水，只好被我皱着眉头一并扔了。

后来市场繁荣了，水果品种丰富起来，天南海北、国内国外的水果都有得卖。人们养生意识越来越强，越来越多人爱吃水果，尤其爱吃营养丰富、口感香甜的优质水果。被我忘却多年的猕猴桃，此时已在优质水果之列，甚至被人推举为水果之王。

查阅典籍资料，我对猕猴桃有了更多了解。这种水果在李时珍《本草纲目》中被描述为："其形如梨，其色如桃，而猕猴喜食，故有诸名。"

"中庭井阑上，一架猕猴桃。"想起了唐代诗人岑参的诗句，这才意识到猕猴桃之名存在已久。据说，在南方某山林里野生一种果树，叶似梨叶，花似桃花，但不是红花，而是黄花。花瓣先是乳白色，随后呈淡黄色，花蕊一直是黄色。果实成熟呈椭圆形，果皮有黄褐色的茸毛。当地人以为这野果有毒，不敢食用。后来人们发现果实成熟时，一群群大大小小的猴子不知从何而来，你抢我夺采摘野果吃。于是，人们也前去采摘品尝，剥去果皮，果肉酸甜可口，非常好吃。后来人们便跟猴子们争食山上这种野果，吃了几年，年轻人生病的少了，老年人的寿命也延长了，当地人便叫这种野果为"仙果"。猴子爱吃这种野果，野果外表多毛，又和猴子的表皮相似，人们便叫这种野果为猕猴桃。这个传说与李时珍关于猕猴桃的记载倒很一致。

从切成两半的猕猴桃上，一勺一勺地舀食多汁水的果瓤，酸甜之外，更多的是诗味。

杨柳依依

很长时间里，我分不清哪是杨树哪是柳树。我家老宅门前的水塘边，原有一排并不十分高大却显得非常沧桑的乔木。它们一个个歪斜着身子，树根扎在水塘岸边，一半在土里一半在水里，树身横卧在水面上空。树枝伸展的方向好像没有明显规律，有的朝上，有的朝下，有的左右开弓平伸出去。树叶是细长的三角形，弯一点就很像传说中的柳叶眉了；顶端尖锐，边缘有锯齿，叶的正面有薄层蜡质。弯弯曲曲的树干，不是特别粗壮，却特别显老，老得皮肤开裂，浑身上下都是深深的裂痕。少数垂向水面的枝条，有如钓线，前端没入水里。插在水面的枝条似乎有意撩拨水面，时不时地有波纹以枝条入水点为圆心，一圈圈一层层次第漾开。

当年，我从祖母口中得知，门前那种树叫杨树。也不只祖母叫它们杨树，村庄里的人们都叫它们杨树。我自然认定它们是杨树。甚至我还自作聪明地想到，我所居住的村庄名叫杨屋，大概就因为这水塘边的老杨树吧。若干年后才发现，这些被我叫了几十年的老杨树，其实是柳树。它的树干，它的枝条，还有它的叶形，都与垂柳大致相当。

家乡小河边滩地上生长了许许多多的柳辣子，叫它柳辣子是因为这树叶汁水特别辛辣，放到水里能把小鱼闹翻，一个个白肚皮朝上漂在水面。这种被乡人叫作柳辣子的树，是一种高大的乔木，比老宅门前的老杨树高得多。树干又高又粗，多是笔直向上，少有弯曲歪斜，树身上也有深深的裂纹。树枝好像没有下垂的，朝上或者平伸。树叶比水塘边的老杨树叶子宽大，椭圆形，无尖峰，叶面毛糙无光泽。柳辣子也开花，它的花不像普通花朵，类似榆钱，一串串吊在叶间。多年后的某一天，我在一篇文章里读到一个陌生的植物名——“枫杨树”。受好奇心驱使，上网一查，原来竟是我熟悉不过的柳辣子。它并非乡人所说的柳树，本质上还是一种杨树。

杨树也好，柳树也好，乡人都不看重。在乡人眼里，杨树柳树都不成材，做不了梁柱，也做不成桌凳，除了当柴火，没有多大用场。人们任其自生自灭，没有刻意栽培它们。它们生命力强，繁殖能力尤其强，随风飘飞的杨柳絮落地生根。几经刀斧之灾，水塘边，河滩上，杨柳身影依然存在。

现实中不被看好的物种，却是文人墨客诗文里的美物。“杨

驾彼四牡，四牡骙骙。君子所依，小人所腓。
四牡翼翼，象弭鱼服。岂不日戒，猃狁孔棘。

昔我往矣，杨柳依依。今我来思，雨雪霏霏。
行道迟迟，载渴载饥。我心伤悲，莫知我哀！

柳青青江水平，闻郎江上踏歌声。”“碧玉妆成一树高，万条垂下绿丝绦。”“家家泉水，户户垂杨。”“杨柳青青着地垂，杨花漫漫搅天飞。”古人笔下的“杨柳”总能给人美好的感觉。这些“杨”其实是“柳”的一种——蒲柳。《尔雅》中曾记载：“柽，河柳；旄，泽柳；杨，蒲柳。”在今天杨树和柳树是两种树，但在古代杨柳都是指柳树。春秋时代，楚国中有善射者养由基，“去柳叶百步而射之，百发百中”，流传下来的成语为“百步穿杨”。苏轼《浣溪沙·荷花》：“四面垂杨十里荷，问云何处最花多。画楼南畔夕阳和。”“垂杨”也就是“垂柳”。

“昔我往矣，杨柳依依。今我来思，雨雪霏霏。”想起了《诗经》里那个人，离开故乡时，春光正好，杨柳依依。启程返乡时，正值寒冬，雨雪霏霏，乡关远在千里万里之外呢。据说因“柳”与“留”语音相近，古人便借柳表达惜别之情。“谁家玉笛暗飞声，散入春风满洛城。此夜曲中闻折柳，何人不起故园情。”看到柳色青青，听到《折柳》的动人曲调，人在他乡便会思念家乡，恨不得一脚跨越遥远的时空，回到梦境里的故园。

蔽芾甘棠。

去过一次皖南黄山市黄山区甘棠镇，我便记住了这个小镇的名字——甘棠。闲来无事，咂摸地名，独自玩味，忽然发现“甘棠”二字很是受人欢迎，国内有许多地方名叫甘棠，安徽有，福建有，广西也有。甘棠作为地名遍布城乡，有的地方公园名叫甘棠公园，道路名叫甘棠路，桥梁名叫甘棠桥，学校名叫甘棠学校，企业名叫甘棠公司，仿佛那地方就是一个甘棠世界。

如此广泛使用“甘棠”二字命名，肯定是有来由的。简单考证便发现，这事与一个成语有关——“甘棠之爱”，或曰“甘棠之惠”。成语背后有典故，曲径通幽，与遥远的《诗经》相联通。《诗经》中有一首以“甘棠”为题的诗：“蔽芾甘棠，勿剪勿伐，召伯所茇。蔽芾甘棠，勿剪勿败，召伯所憩。蔽芾甘棠，勿剪勿拜，召伯所说。”意思是说，可爱的甘棠树啊，人们可别砍伐它！召公在这里露宿过。可爱的甘棠树啊，人们可别伤害它！召公在这里休息过。可爱的甘棠树啊，人们可别攀折它！召公在这里暂住过。道理古今相同，敬爱一个人，往往敬爱他的一切，包括敬爱他曾经居住过的屋舍，甚至敬爱他曾经于其下歇息的一棵树。

甘棠究竟是一种什么样的树木呢？按三国时人陆玑的说法：“甘棠，今棠梨，一名杜梨。”（《毛诗草木鸟兽虫鱼疏》）由此看来，甘棠这种植物是一种古老的物种，先秦时存在，三国时也存在。后来呢，唐时还是存在的，元稹《村花晚》诗云：“三春已暮桃李伤，棠梨花白蔓菁黄。”清代也存在，在龚自珍《说昌平州》有文字记载：“其木多文杏、苹婆、柿、棠梨。”即便如今，棠梨仍然存在，我在家乡大别山区就见过这种古老的植物，乡人叫它野梨，把它看成梨树的远房亲戚。

它的体貌与梨树高度相似，都是高大的乔木，阔厚的椭圆形绿叶，枝干上多刺，刺如铁钉，长达寸许。如果在春天进山，赶上野梨树开花，仅凭那熟悉的一树白花，就会想到梨树。深秋时节，棠梨叶一染霜便红如胭脂，风吹红叶飘落，删繁就简的枝头只剩一丛丛长柄果实。看到那些果实也能想到梨，它有梨一样的圆球体形，有梨一样的褐色带有斑点的皮肤，只是它的块头比梨小了很多。

棠梨也叫杜梨，甚至直呼它为“杜”。从“木”声“土”的杜，本义便是这种名叫杜梨的木本植物。后来衍生出的引申

蔽芾甘棠，勿剪勿伐，召伯所茇。

蔽芾甘棠，勿剪勿败，召伯所憩。

蔽芾甘棠，勿剪勿拜，召伯所说。

义，譬如关闭、堵塞、阻塞之类，也与杜梨相关。我小的时候见过许多这样的场景，乡人为了保护某个幼小的树苗或者一片重要的农作物，会在目标物四周围上一圈带刺的植物枝条。这种枝条有的便是来自棠梨，棠梨身上的刺很长很硬很锐利，足以刺破兽皮。有它阻拦着，人畜都不敢靠近，目标物自然就安全了。

杜梨之外，棠梨还有好多别名，诸如鹿梨、鸟梨、酱梨、酸梨、豆梨等。这种酸涩微甜的野果，生长在人迹罕至的山野之中，自是某些兽类和鸟类追逐的美食。鹿梨和鸟梨的名字，当是因此而来。至于酱梨，应是因这种野果的表皮是酱色而得名。酸梨更好理解，直言其味，因味得名。豆梨呢，我的理解是极言其小，这种梨个头小如豆粒。此说当然有些夸张，我还没有见过有这么大的豆粒呢。

"有木名杜梨，阴森覆丘壑。"想起了唐代诗人白居易的诗句。如今的杜梨并非仅仅存在于深山老林中，市井之中也是有的。杜梨是一种好养的植物，它的生存条件非常低，耐旱耐涝还耐盐碱，一旦成活了又花繁叶茂，被北方的许多城市作为绿化树。春天里，城市里的大街小巷，千树万树梨花开，成为一个季节最靓丽的风景。

不仅好看，棠梨还是有用之物。它的木质细密坚硬，是良好的木材。棠梨还能作药用，帮人消解病痛。据古代药典记载，棠梨的根、叶、花、果实均可入药，有健胃、消食、止痢、解毒、止咳作用。

有用之物而且美观，棠梨自是文人歌咏的对象。宋代诗人范成大在《碧瓦》诗中写到棠梨："碧瓦楼头绣幕遮，赤栏桥外绿溪斜。无风杨柳漫天絮，不雨棠梨满地花。”由“碧瓦”“赤栏桥”，写到漫天杨柳絮，落脚于满地棠梨花。诸多风物景观，最重要的自然是放在最后的棠梨花。这首诗我是在合肥市桐城路上的一堵文化墙上读到的，感到特别亲切。诗中的赤栏桥（又称赤阑桥）近在咫尺，可以想见，从前的赤栏桥边，除了杨柳，还有棠梨。如今呢，杨柳是有的，不知棠梨有没有。得闲我会去银河公园走走，在赤栏桥畔找一找棠梨树。

假如我在范成大诗的现场，看到满地雪白的棠梨花，自会想起《诗经》里的甘棠，想起先秦时代的良臣召公：“蔽芾甘棠，勿剪勿伐。”

放下假设，吟咏诗句“蔽芾甘棠”，隐约感知这四个字中含有某位著名人物的名字。挠头一想，才发现这位人物是现代作家巴金。他原名李尧棠，字芾甘，名和字皆出自《诗经》，取自“蔽芾甘棠”。原来，巴金崇拜召公，敬仰甘棠啊！

维桑与梓。

认识桑树很早，那时我还是一个馋嘴的顽童。对桑树留下了深刻印象，恰是因为嘴馋。

老宅的门前有一口水塘，水塘的东岸住着堂伯父一家。在水塘东南边大约十米处，是堂伯父家的晒场。晒场的东北角有一棵树，那树该是很有年头了，树干够顽童一抱，树皮皲裂，还有几处腐烂的疤痕。树枝稀疏，树叶也少，缺乏茂密的树冠，无法形成地上该有的一片浓荫。

别看这棵树其貌不扬，它还是挺受人关注的，甚至让人惦记，尤其是那些半大的孩子们。每到春夏之交，这棵并不

弁彼鸒斯，归飞提提。民莫不谷，我独于罹。
何辜于天？我罪伊何？心之忧矣，云如之何？

踧踧周道，鞫为茂草。我心忧伤，惄焉如捣。
假寐永叹，维忧用老。心之忧矣，疢如疾首。

维桑与梓，必恭敬止。靡瞻匪父，靡依匪母。
不属于毛，不罹于里。天之生我，我辰安在？

好看的老树，仿佛摇身一变成为一位十八岁的美丽姑娘，惹得过往行人都要多瞅它一眼。春日里，原先光秃秃的枝丫上，先后长出了绿叶。树叶大，比我当年的巴掌还要大。新叶嫩黄，晒过几天日头，和煦的风一次次吻过叶面，树叶便逐渐老练起来，颜色由浅到深，厚度也增加了，还比先前更加油亮。

叶子长齐了，老树便开花。它的花不是寻常的花，看不见明显的花瓣，也没有大红大紫的鲜艳。从树枝上冒出些猫奶头似的小痘痘，浑身粉嘟嘟的。那些淡黄色细小的粉粒就是花，小痘痘一天天长大，最后长到小指头那么大，它就是树的果实。果实的颜色也在变化，由绿变黄，由黄变红，由红变紫，由紫变黑。

我是在看见它的红紫果实时，才知道这棵树的名字叫桑树。乡人所说的桑泡在书上叫桑葚。桑葚在紫色时最好吃，它刚好成熟，汁水丰沛，甜丝丝的。紫色之前的桑葚未熟，吃起来涩口；紫色之后的桑葚熟透了，好像通体都是水，烂兮兮的很是败味。

那棵老桑树是有主的。它长在堂伯父家的场地上，堂伯父自是老桑树的主人。堂伯父那时三十多岁，这树不像是堂伯父亲手栽下的，应该是堂伯父的先人手植。堂伯父是个大方人，又特别喜欢小孩子，疼爱自家孩子，对别人家孩子也非常和善。见到孩子们在老桑树下转悠，堂伯父当然明白孩子们的那点小心思。桑葚还青涩时，堂伯父总是和颜悦色又不无调侃地对孩子们说，去别处玩吧，过些日子再来，桑泡还没熟呢。

桑葚熟了，孩子们闻风而动，赶庙会似的从四面八方汇集而来。有胆大的孩子抱着树干跃跃欲试，想爬到树上去摘桑葚。

堂伯父见了，立刻拿着一根细长的竹篙子兴冲冲地跑出来，往老桑树上敲打，黑紫夹杂的桑葚雨点般地落到地上，间或夹杂着被打断的枝和叶。孩子们旋即围上来，嬉闹着抢食地上的桑葚。个个吃得嘴唇乌黑，脸蛋上涂满紫色印痕，像大花猫似的。

上学后，在一首古诗里我明白了，桑树的好处绝不只是桑葚给人的美味。“遍身罗绮者，不是养蚕人”。蚕结茧，茧抽丝，丝织罗绮。养蚕人拿什么养蚕？当然是桑叶。从那以后，我便对桑树怀有深深的敬意。见到桑树，我的目光便落在桑叶上，不再于枝叶间寻觅紫红色的桑葚。

认识梓树就很晚了，准确地说，我是在上个月才见到梓树。一家报社组织采风，在肥西县丰乐镇凤凰老街的一户人家院墙外，有一棵奇怪的树。同行的作家程老先生最先发现这棵树，他惊呼起来，各位快来看看这棵树！知道它是什么树吗？它就是梓树，“桑梓”的“梓”，“付梓”的“梓”。程老先生是位优秀的散文作家，也是一位博学的植物学家。他一路上指点，告诉大家这是什么花那是什么草，让我们大开眼界，长了不少见识。

顺着程老先生手指的方向看去，才发现这棵树的奇怪。不是枝干和树叶有什么与众不同，也不是花儿开得争奇斗艳。这树的枝干与一般树木无异，叶子也很普通，不过稍微大一些。至于花儿，根本就是没影的事，此时不是它的花期。说它怪就怪在它的果实上，树上挂满了果实，密密麻麻长豆角一般细长的果实。

此前，我一直以为乌桕树就是梓树。乌桕树结白色的籽粒，乡人们都称乌桕树为白子树，简称子树。“梓树”与“子树”同音，吾乡方言又有古意，我便将“梓树”臆想为家乡的“子树”了。

这种臆想产生于我的少年时代。在初中课文上，遇见了一位名中带“梓”的作家，他叫吴敬梓。老师说，“吴敬梓”的“梓”，不读“辛”，读“子”，是一种树。自那一刻起，我便一厢情愿地把这种陌生的树想象成我熟悉的“子树”。

有一年正月，跟朋友一起去了一趟全椒。当然是冲着吴敬梓去的，去参观吴敬梓纪念馆。解说员说，吴敬梓名字源于《诗经》：“维桑与梓，必恭敬止。”古人常在庭前院后种植桑树、梓树，桑树可以供衣食，梓树可以造棺木，所以祖孙接力培护，不轻易砍伐。想来，吴敬梓的父辈也有意要他“恭敬桑梓”，铭记家训，承继家业。不曾想命运弄人，最终吴敬梓背井离乡，移家于异乡喧闹的红尘市井之中，最终贫病交加客死他乡。

冬青如茑

。

戊戌年秋分时节，一次偶然的机会到了黑龙江。行走在高纬度的东北大地上，目光紧盯着冷风中的北方植物。在黑龙江松嫩平原上德都县老黑山下，于荒漠中惊喜地发现一小片幸存的桦树林。若要说清所谓的幸存，需将时间倒回三百年前。那是大清王朝，康熙年间。

《黑龙江外记》载：“墨尔根东南，一日地中忽出火，石块飞腾，声震四野，越数日火熄，其地遂成池沼。此康熙五十八年事。”康熙五十八年即公元一七一九年，距今已有三百来年。如今的老黑山当时是一块平地，火山喷发堆起了一座山，在山顶留下了直径三百多米、深度一百多米的火山口。从地下深处喷出的岩浆温度高达千余度，流到哪里，哪里便是一片火海。火焰渐渐熄灭，冷凝后的岩浆成为一片黑色的石海。岩浆之外的一定范围内，土地被烤得焦煳，地表成灰，一片荒芜。后来，是雨雪润泽了那块焦土，来自远方的风和鸟一次次把一些植物种子带到了那片荒地上，形成了眼前这片白桦林。倘若当年岩浆在此不止步，便没有如今这片被黑如焦炭的火山石三面包围的树林。

仲秋的桦树林，叶落在地，地上盖了一层厚厚的黄叶，不见草，不见土。银白的树干上只剩下光秃秃的枝丫伸向天空，早半个月来，白桦树上可能还是碧绿苍翠。北方的秋天说来就来，秋风格外强劲有力，三下两下便让这片桦树林删繁就简，繁荣尽褪。叶落之后，树上的鸟巢赤裸裸地暴露出来。令人吃惊，这片树林中的鸟巢也太多了，每棵树上都有，甚至一棵树上有好几只鸟巢。且每个鸟巢都大，应该是喜鹊等大型鸟类的窝巢。这地方真有这么多喜鹊吗？咋没见着喜鹊的踪影呢？纳闷之际，车子已开上了树林间的水泥路，由北向南穿越那片桦树林。

抬头仰望，那些大型鸟巢近在头顶。这才发现，树枝上看似鸟巢的东西其实并非鸟巢，而是一丛丛长在白桦树上的寄生藤蔓。这些藤蔓跟母本白桦树不一样，白桦光秃秃的，藤蔓却一派葱茏。一时间不由得想起了《诗经·小雅》中的句子：“茑与女萝，施于松柏。”无关诗的原意，只是类比联想。茑与女萝多见南方，寄生于松树和柏树，所以女萝也叫松萝。难道这种附身于白桦树上的北方寄生植物，也是茑或者女萝吗？

有頍者弁，实维伊何？尔酒既旨，尔肴既嘉。
岂伊异人？兄弟匪他。

茑与女萝，施于松柏。未见君子，忧心奕奕。
既见君子，庶几说怿。

想起来了，女萝的藤蔓是很细的，细如丝线，所以女萝又叫菟丝子。李白有诗句：“君为女萝草，妾作菟丝花。”男女情深，难分难解。

白桦树上那些鸟巢似的寄生植物，肯定不是女萝，它会是《诗经》中的植物茑吗？自己想不明白，便向同行的当地朋友请教，那位朋友见多识广，军人出身，说话干脆，却又很严谨，应声而答：“那叫冬青。当然，冬青是现在的叫法，也只是咱东北一带的叫法。至于在古代，或在其他地方，它是不是叫茑，还真的不好说。”朋友如此说，倒也觉得有道理。辞书上对于茑的解释是一种小灌木，茎能攀缘别的树木。说得很模糊，似与白桦树上的寄生冬青也能对得上。

不过，叫这种寄生植物为冬青好像没道理。名叫冬青的植物是一种阔叶树，秋天不落叶的乔木，到了冬天还是满树青碧，故名冬青。在江淮地区，冬青是一种极常见的绿化树，立在城市街头，总是高高大大的模样。问朋友：“这种藤状寄生植物为何叫冬青？”朋友说：“你看，白桦树都落叶了，它却没落叶，它的茎和叶都是青色的。哪怕到冬天，下雪了，气温降到零下几十度，它也不会枯萎，依然青翠碧绿，一派葱葱茏茏的旺盛气象。”哦，这种植物太神奇了，看似弱小，需要依附大树方能安身，体内竟蕴含如此顽强的生命力。

朋友接着介绍说：“不仅生命力强，寄生冬青还有非常好的药效呢，它能补肝肾强筋骨，除风湿通经络，对心脑血管有好处，外用治烧伤、烫伤和冻疮效果尤佳。在东北，冬天患了冻疮，用鲜寄生冬青煎水一洗便好。”所以房前屋后的白桦树上的寄生冬青，人都视之为宝。

在人们心目中，茑与女萝软弱无力，不能自立于林，必须依附其他植物才能生存。没想到这种附着在白桦树身上的寄生冬青，如此坚强有力。

至于这寄生冬青是不是茑，并不重要。重要的是，在寒冷的北国冬天里，天地间一片银白时，偶尔让人欣喜地看到一点绿色。

北山有杻

在很长一段时间里，我是相信菩提无树的。

理由很简单，早年读过唐代两位高僧的偈语。《六祖坛经》载，五祖晚年考虑身后事，欲选接班人，遂命僧众各写偈语，借以考察各位僧徒的智慧悟性。僧人神秀作了一则偈语，未敢直接面呈五祖，而是写在庙宇过道的墙壁上："身是菩提树，心如明镜台。时时勤拂拭，勿使惹尘埃。"有童子看了墙上偈语，一路走一路吟诵，被正在厨房里烧饭的僧人慧能听见了。慧能不以为然地说："这种偈语太简单了，我也会作。只因我不识字，写不出来。"旁边僧人说："你

南山有栲，北山有杻。
乐只君子，遐不眉寿。
乐只君子，德音是茂。

南山有枸，北山有楰。
乐只君子，遐不黄耇。
乐只君子，保艾尔后。

口述吧，我帮你记下来。”慧能张口便来：“菩提本无树，明镜亦非台。本来无一物，何处惹尘埃。”慧能的偈语也被写在墙壁上，五祖路过时见了，眼睛一亮，悄悄约请慧能三更入室密谈。随后，五祖便将衣钵传给了慧能。

此前，我头脑里并无菩提树的概念，读过这两位僧人的偈语，才对菩提树留下印象。前后两则偈语，一个实在，一个空灵。在我看来，两则偈语各有道理，都很经典，尤喜慧能作的那一则，信奉“菩提本无树”。

若干年后，我到厦门大学参加一次培训，顺便去了一趟附近的厦门植物园。进了园门，才上几级台阶，便有一棵枝叶婆娑的大树让我驻足。那棵树也没什么特殊，是南方常见的一类树种，高大的乔木，浓密的树冠，于枝叶间垂下了许多长长的胡须。心形的树叶上有个细长的尖梢，质地厚实，颜色碧绿，蜡质的叶面之下隐含着网状纹路。看枝干，看树冠，看叶子，尤其是看树的长胡须，想都不用想，便认定它是一棵榕树。在厦门，无处不在的榕树很难引人注目，是这棵树的身份证召唤我走到了树下。在公园，尤其在植物园，树和人一样，也是有身份证的。这棵树的身份证上写有树的名字：“菩提树”。原来，世间还真的存在菩提树。我抬头仰望葱茏的树冠，伸手抚摸粗壮的树干，两指轻捻着树的长须，跟一棵树进行了无声的交流。

午间溜达，出厦门大学北门右行百余米，走到山脚下，进了南普陀寺。跟一位老禅师谈起唐代两位僧人的偈语，告诉老禅师“菩提本有树”，老禅师面无表情，不紧不慢地说，有即无，无即有。

我向禅师请教有关菩提树的情况。老禅师说，两千五百多年前，佛祖释迦牟尼原是古印度北部迦毗罗卫王国王子乔答摩·悉达多。他年轻时为摆脱人的生老病死轮回之苦，解救普天之下受苦受难的芸芸众生，毅然放弃继承王位，抛却了舒适的王室生活，出家做了苦行僧，以寻求人生真谛。经过多年苦修，有一次在一棵高大的菩提树下静坐七天七夜，战胜了各种邪恶的诱惑，于天将晓时，突然大彻大悟，终成佛陀。此后，佛教徒便视菩提树为圣树，至今菩提树还是印度的国树呢。

老禅师说，关于这个典故，唐时玄奘法师在《大唐西域记》中有载："菩提树者，即毕钵罗之树也，昔佛在世，高数百尺，屡经残伐，犹高四五丈，佛坐其下成等正觉，因而谓之菩提树焉。"

炎炎夏日里，不欲出门，在家读《诗经》。读到《小雅·南山有台》中一句："南山有栲，北山有杻。"对不甚了了的"杻"，做了一次浅尝辄止的追踪。书上注解说，杻，树名，檍树，俗称菩提树。于陆玑的《毛诗草木鸟兽虫鱼疏》中找到："檍木枝叶可爱，二月花白，子似杏……取亿万之义，改名万岁树。"这种万岁树，果真就是象征觉悟和智慧的菩提树？

菩提有树，存之久矣。

篱篱竹竿。

靠山吃山，靠水吃水。家乡近山，是大别山的余脉。乡人吃食，自然少不了来自山野的馈赠。

春日里，乡人的餐桌上有一道菜特别诱人：笋片炒腊肉。这道菜好吃又好看。好吃源于竹笋的鲜，加上腊肉的香。好看在于颜色搭配。笋片乳白如玉，腊肉油亮微黄，再佐以青色的蒜叶，端上桌子很是惹眼。不闻其味，仅察其色，便想夹取一筷子送入口中，先尝为快。

春日食笋，并非吾乡人独享的口福。南方诸地，只要有竹的地方，人们都会食笋。古来如此。明末清初文学家李渔，同时也是美食家，他对吃食大有研究，

籊籊竹竿，以钓于淇。岂不尔思？远莫致之。

泉源在左，淇水在右。女子有行，远兄弟父母。

他在《闲情偶寄》里谈到了食笋。笠翁老先生很是幽默，他由东坡的诗说到竹笋烧肉。东坡诗曰："宁可食无肉，不可居无竹。无肉令人瘦，无竹令人俗。"笠翁替东坡出了个主意，用竹笋烧肉便做到了食也有肉居也有竹，不瘦也不俗，不用再做艰难选择了。这主意不高，或许东坡早已明白。东坡可不是书呆子，他是伟大的诗人、文学家，同时也是杰出的美食家。当年，他在黄州发明的"东坡肉"，带给了后来人长达千年的口福。

说到竹和肉的结合，有必要郑重强调，这竹，可不是一般的竹，它只能是竹的雏形——竹笋。古人对竹笋有诸多别称。《尔雅》称之为"竹萌"，《笋谱》称之为"竹芽"，《说文》称之为"竹胎"。无论哪种说法，笋皆为竹的生命起始阶段。关于竹笋，明朝李时珍有过研究，他说："笋，从竹、从旬，谐声也。""从竹"，很好理解，一眼便能看出"笋"字是"竹"字头。"从旬"，却有些费解了，至少从字面上找不到答案。李时珍借用了北宋名臣陆佃的话细作解释："旬内为笋，旬外为竹，故字从旬。今谓竹为妒母草，谓竹生旬有六日而齐母也。"如此一说，便让人明白了。竹笋出土十日以内还算笋子，十日以外就算竹子了。笋子出土半个月后，新竹便与老竹一般高了。成年的新竹，多般高过老竹。看来，用以烧肉的竹笋，必须是出土十日之内的竹笋。否则，那就不是竹笋烧肉，而变成竹子烧肉了。

至此，想起早年读过的一则寓言，记不清是哪朝哪代的事了。相传有个北方人，他去南方的吴国办事。吴国人热情招待了他，专门烧了个南方特色的竹笋汤。那位北方人不认识竹笋，问："这是什么汤啊，怎么这么鲜美？"吴国人回答说："这是竹笋汤，是用最嫩的竹子做的。”北方人回家后，想让家人分享他幸遇美食的快乐，便对家人说：“我今天烧个好汤给你们尝尝。”说完，他便把垫在床上的竹席掀开，选了几根柔软的竹篾，将其折断，然后放到锅里烹煮。他煮啊煮啊，加了好几次水，可竹篾就是煮不烂。他尝了尝汤，除了涩口，别无滋味，根本没有在吴国尝到的那种美味。这个北方人叹了口气说：“想不到那个吴国人，竟会这样骗我。”其实，吴国人并没有骗这个北方人，只怪这个北方人自己粗心，遇事不求甚解，把竹笋当成竹子。

当然，这样的故事也只能发生在信息闭塞的古时候。如今，北方不产竹笋，人们照样可以吃到竹笋。想吃新鲜的，有冷藏的保鲜竹笋；脱水的笋干，更是随处可买，价格也不贵，想吃随时可以买到。

在吾乡，人们食笋是有讲究的，且大多爱吃冬笋，不怎么吃春笋。原因有二，一是春笋远不及冬笋好吃，出土以后的春笋，怎么吃都有些涩口。冬笋是不露出地面的，它深埋在地里，只有内行人才知道哪儿藏有冬笋，下手一拿一个准。再一个是春笋的成材率高，吃一枚笋子便少了一棵竹子，心疼着呢。不像冬笋，有些原本就不能成材，甚至都出不了土，懂行的人一看便清楚。这样的冬笋，不吃便亏了。

果真要吃春笋，那也不是随随便便挖起来吃，会提前做好准备。正如浙江嵊州的胡村人那样，用一口瓦缸将一棵即将出土的笋子罩住，让笋子出土以后不见阳光，甚至连空气也不给流通。那笋子从土里面冒出来，会在瓦缸里如蟒蛇一般扭曲盘旋，直至装满瓦缸，把瓦缸顶翻。当然，不会真的让笋子顶翻瓦缸。真被顶翻了瓦缸，阳光一照，暖风一吹，那里面的笋子便老了，不再好吃。用瓦缸罩住，目的就是让春笋能像埋在地下的冬笋一样鲜嫩。

吾乡人与胡村人还是有差别的。在吾乡，用来罩住即将出土的春笋往往是一口不大的水缸，胡村人用的是酒瓮。一酒一水，贵贱自明。大概是由于胡村乃富庶之乡吧，用以罩住春笋的瓦缸，都有些富贵气。

笋子好吃，可不能多吃。笋子吃多了伤身，世间的竹子也少了。没有竹子，山川原野在人的视野里就少了一种美。“籊籊竹竿，以钓于淇。”没有竹子，古老的《诗经》里也就没有这种饶有趣味的诗句。

栲栳之栲

“山有栲，隰有杻。子有廷内，弗洒弗扫。”年轻时，读《诗经·国风·唐风》遇“栲”，一时不知“栲”为何物，只知“栲栳”。

最早遇见“栲栳”，是在《水浒传》里。书中有这样一句话：“只见那小猴子挽着个柳笼栲栳在手里，籴米归来。”书上有注解，栲栳是一种藤编容器，也叫笆斗。对这种名叫笆斗的物件，一点也不陌生。过去在江淮地区家家都有，它是用来盛放谷物的器具。

少时读书不求甚解，知道“栲栳”是笆斗也便够了，没对“栲”和“栳”深究。读过《诗经》，才对“栲”和“栳”

有所了解，知道“栲”是树名，指山樗，即臭椿，“栳”指树根。不过，并不情愿接受书上的注解，不信臭椿那种不太被人待见的植物，竟也登了《诗经》的大雅之堂。

后来在许多地方邂逅“栲栳”二字。先是在家乡邻县桐城地界，遇见一座山，名叫“栲栳峰”。再是在浙江温州遇见一座山，名叫“栲栳山”。那两座以“栲栳”命名的“峰”和“山”，皆因其形似笆斗而得名。还有一次是在山西五台山，吃过一种名叫“栲栳栳”的美食。那是一种以莜面为主料的面食，中间装有羊肉，荤素搭配，很是好吃。那种面食外形极似小小笆斗，故名栲栳。山西人却更倾向于另外一种说法：当年李世民父子在太原起兵，用这种面食犒劳三军，后一举建立了大唐王朝。太原人认为，这种面食功不可没。栲栳之名，源自“犒劳”。

前几天，参加一次户外活动，登上了位于巢湖北岸的四顶山。于半山腰上，看到地上散落不少橡栗。抬头一看，路边有一片橡栗林。对于橡栗，再熟悉不过，家乡山野间随处可见。大别山区，栗树众多，有人工种植的板栗，也有野生的毛栗树。板栗和毛栗是人们爱吃的坚果，板栗个头大，毛栗个头小。吃起来，板栗更粉，毛栗更甜。橡栗与板栗、毛栗不一样，它个头大小介于板栗和毛栗之间，外形也不一样，板栗整体呈球形，每瓣单独呈半球形或扁形，毛栗多是珠粒状，橡栗则是短圆柱体，且顶端成圆锥状，若将橡栗尖端朝上树立起来，极像一个小小粮囤。儿时，橡栗曾是山村孩子的玩物。深秋时节，采来几颗橡栗，用细竹签插进橡栗果蒂，将橡栗倒头朝下，立在桌上，两指在竹签上使劲一旋，橡栗便成为一枚小小陀螺，在桌上旋转半天。顽童们比赛旋转橡栗，谁旋转时间长，谁就赢了。

山有枢，隰有榆。子有衣裳，弗曳弗娄。子有车马，弗驰弗驱。宛其死矣，他人是愉。

山有栲，隰有杻。子有廷内，弗洒弗扫。子有钟鼓，弗鼓弗考。宛其死矣，他人是保。

山有漆，隰有栗。子有酒食，何不日鼓瑟？且以喜乐，且以永日。宛其死矣，他人入室。

橡栗的味道又苦又涩，不像板栗、毛栗那样可直接食用。非但人不直接吃，爱吃树果的鸟儿们，对橡栗也常常视而不见。所以，林地上才会留有许多橡栗。它们一定是老熟枝头，无人采摘，一阵阵秋风吹过，橡栗次第离开枝头，落到地上。

加工过的橡栗，人们还是爱吃的。将橡栗果仁带水磨碎，然后过水沥干，做成橡栗豆腐。橡栗果实富含淀粉，橡栗豆腐吃起来很面，由于过了水，苦涩之味清淡若无，尤其爽口。这是一种清凉食品，它能降火，可用来防暑降温。小时候在家乡，年年吃到橡栗豆腐。头年秋天收获的橡栗，一直吃到次年夏天。有次去江西，在南昌吃到了与家乡长相一样的橡栗豆腐，菜名却不叫橡栗豆腐，而叫苦槠豆腐。回来一查，苦槠也叫苦槠栲，是栲树的一种。

那一刻，心里豁然敞亮，对《诗经》中的“栲”不再与不受欢迎的臭椿树对应，而将其理解为橡栗树。

言刈其楚。

少年时代曾经上山打柴。家住丘陵地区，上山打柴要跑一些路。不近，也不远，总有十里八里吧。山就是大别山了，至少也算是大别山的余脉。

打柴的活很累人，却也很有趣。在打柴的山中，可以见到许多平时在身边见不到的东西。那些形形色色的花草树木、飞鸟爬虫，都会让一个未谙世事的少年感到新奇，稀罕好一阵子。在少年的心里，草木和虫鸟都是他的朋友。每次进山打柴，遇见一种新的动植物，他就视同结交了一位新朋友。

楚，便是在山上打柴的时候遇见的一位好朋友。不过，楚的名字是后来才知道的，当时并不知道它叫楚，只知道它的另外一个名字：荆。因为它成年以后多长成长条形的藤蔓，乡人习惯叫它荆条。乡人打柴的时候，必寻生有荆条的地方。荆条本身就是好柴，它油性大旺火，还结实经烧。一段荆条在灶膛里要烧上半天，不像茅草之类的柴火，到了灶膛里只是“嗤嗤嗤”的一声就化为一抔灰烬。此外，荆条还是打柴人必不可少的工具。因为荆条长而有韧性，常被打柴人用作捆绑柴火的绳索。它比绳索更好用，能将柴火捆绑得更结实，还不容易断掉。

在吾乡，凡上山打过柴的人，大概没有不认识荆条的。不过，认识荆条的人，不一定就能认识楚。或许，在一些人的心目中，荆是荆，楚是楚吧。

真正认识楚，还得感谢《诗经》：“翘翘错薪，言刈其楚。之子于归，言秣其马。汉之广矣，不可泳思。江之永矣，不可方思。”那个在汉江边打柴的青年樵夫，突然遇见了自己的意中人。你看，她就在汉江的那一边，他与她隔着汉江四目相对。他想对她说句知心的话儿，又担心江水阻隔她会听不见。于是，他干脆扯开嗓子，面对汉江大声唱起了歌谣：“杂树丛生长得高，砍柴就要砍荆条。那个女子如嫁我，快将辕马喂个饱。浩浩汉江多宽广，不能泅渡空惆怅。滚滚汉江多漫长，不能摆渡空忧伤。”唉，遇见了自己心爱的人，却不能走到近前去说句悄悄话。你看，那个青年樵夫多么心焦，他唱出的歌谣多么感人！

听完青年樵夫的歌谣，才明白在《诗经》中遇见的是一位多年不见的老朋友，它的名字叫“荆条”。不，叫它“荆条”可能显得俗气。“言刈其楚”，“楚”，就是它的名字了。

南有乔木，不可休思。汉有游女，不可求思。
汉之广矣，不可泳思。江之永矣，不可方思。

翘翘错薪，言刈其楚。之子于归，言秣其马。
汉之广矣，不可泳思。江之永矣，不可方思。

翘翘错薪，言刈其蒌。之子于归，言秣其驹。
汉之广矣，不可泳思。江之永矣，不可方思。

物有好名，立刻摇身一变，跟过去判若两物。正如乡人口中的“荆条”，一旦于《诗经》中找到了它本来的名字“楚”，便立刻高雅起来。在《诗经》里邂逅从前的“荆条”时，很容易联想到“楚楚有致”，或者“楚楚可怜”之类的形容词，荆变成楚，完全是另外一副温文尔雅的模样。

走出《诗经》，又回到了从前打柴的山上。还记得，它呈灌木状生长，到了秋天便会落叶。整个冬天，它只是光秃秃的一根茎干，有些弯曲。若是横卧地上，一不小心踩上去，它在脚下一滚动，会吓人一跳，让人以为脚下是一条蛇呢。到了春天，草木复苏时它会长叶，叶如巴掌，比巴掌略小；叶边有锯齿，多棱角，好像人的五根手指头；叶的背面生了一层密密的茸毛，颜色绿中带些淡紫。农历四月，楚会开花，花有青、紫两色。秋天结果，果实球形，黑色，皮亮，味道微甜，是山中鸟雀的美食。因为得到了鸟雀的垂青，楚才能够在山中家族繁荣，发扬光大，从遥远的《诗经》年代一直走到了今天。

真要感谢三千年前那位在汉江边砍柴的青年樵夫。没有他那曲动听的歌谣，也许我至今还不会知道，荆就是楚，楚便是荆。

荆楚自古就有自己的地盘，至今仍存。在那块土地上，荆楚从不分家，总是亦荆亦楚。似乎当年那个青年樵夫和他隔江相望的女子，终于走到了一起，执子之手，与子偕老。

隰有六驳。

早年读《诗经·国风·秦风·晨风》，记住了其中几句："山有苞栎，隰有六驳。未见君子，忧心靡乐。如何如何，忘我实多！"

丈夫外出，日久不归。闺中之人，思念盼望之余难免生怨，怪"君子"不该如此薄情，狠心将她遗忘。年少时，读《诗经》里这些句子，只能领会大意，同情女子的不幸遭遇，对诗中某些词句一知半解。比如"六驳"，知道它与"苞栎"相对，指植物，却不知道是何种植物。

后来，读到三国陆玑疏文："驳马，梓榆也。其树皮青白驳荦，遥视似驳马，故谓之驳马。"继而，又在宋人沈括《梦溪补笔谈·辩证》中读到："梓榆，南人谓之朴，齐鲁间人谓之驳马。驳马，即梓榆也。"至此，确信"六驳"或者"驳马"便是树皮上有黑白相间斑痕的梓榆树。

其实，梓榆并不是一种树，梓是梓，榆是榆。对于榆树，见得多了。有一次，在合肥市雨花塘南岸一家宾馆门前见到了两株盆景树。那两棵树怕有百年树龄吧，斗粗的树干被拦腰截断，没了树梢，壮实而光滑的树干上冒出了几丛好看的枝叶。那些枝叶似乎很听话，都生在该在的地方，长成了该有的样子。即便这样，被艺术化的风景树，还能让人看出它的前身是乡野里的老榆树。皮光而有斑纹的树干，弯曲遒劲的树枝，脉络清晰、拇指大小、椭圆形状、肥厚多汁的叶子，泄露了城市豪门前一棵树的乡野身份。

在乡村，榆树是受人欢迎的一种植物，木质结实自不必说，"榆木疙瘩"便是明证。春三月，榆树叶是上好的饲料，从前人家还养猪的时候，乡人采榆树叶子回家喂猪。四月里，榆树开花结荚，榆荚如古钱，俗称榆钱。唐代诗人施肩吾《戏咏榆荚》曰："风吹榆钱落如雨，绕林绕屋来不住。知尔不堪还酒家，漫教夷甫无行处。"榆钱是养人之物，荒年能当饭，丰年也是时鲜菜。生熟皆可吃，佐以糖或盐，都很好吃。

对于梓树，只知道它材质坚硬，古时候用来作为活字印刷的刻板。所以，至今仍有"付梓"一词，意为文稿即将印刷。很长一段时间里，我心目中的梓树就是乌桕树，它有心形的叶子，叶面光滑有革质，小雨点落在叶上挂不住，也化不开，珍珠般溅起或滑落。它有绿色的圆球状子房，随着季节深入，子房颜色层层加深。到深秋时节，叶子红时，子房便黑了，且开

鴥彼晨风，郁彼北林。未见君子，忧心钦钦。
如何如何，忘我实多！

山有苞栎，隰有六驳。未见君子，忧心靡乐。
如何如何，忘我实多！

山有苞棣，隰有树檖。未见君子，忧心如醉。
如何如何，忘我实多！

出裂口，露出雪白的蜡质籽粒来。籽粒名叫木子，因此乌桕树也叫木子树，乡人称其为子树。木子是鸟儿们的美食，当枝头绽放出一球球洁白的木子，远远近近的鸟儿都飞过来了，聚集枝头。鸟儿们有情有义，吃了木子，便畅快淋漓地帮助乌桕树繁衍后代。

前几天，去合肥南门三岗花木大市场。在那里问一位园艺师市场上有无梓树，园艺师说有啊，梓树就是朴树，合肥园林中不少见。这园艺师说话跟沈括一个腔调，梓树即朴树。

跟着园艺师去看朴树，苗幼小，尚未显示枝干，只能看看叶子。它很像乌桕树叶子，只是稍长些；也像菩提树叶子，但小一些，薄一些。

原来，想象并未离谱。遗憾的是，我至此尚未见到成年后的梓树，亦不敢确信园艺师的话。梓树就是朴树，这话还有待考证。

树之榛栗

栗子好吃，众所周知。吃栗不易，也是共识。

年岁渐长，与零食渐行渐远，独对栗子例外，几乎见一回买一回，不想错过。栗子现炒现卖，趁热吃味更佳。卖栗子的人推着小车，车上架一口大铁锅，锅下面一台炉灶，炉膛里生着通红的炭火。锅里装了大半锅漆黑油亮的砂粒，砂里埋着栗子。栗子皮壳厚韧，直接贴锅很难炒熟。凭借砂子的包裹，热气从四面八方向栗子围攻，栗子想不熟都难。

炒熟的栗子有明显的标志——面部开裂，露出一小块淡黄色的栗仁。裂口真像人张开的嘴巴，栗仁好似人的牙齿，龇牙咧嘴的样子，一个大笑的表情，极易对人形成诱惑。

到了这一步，栗子离嘴巴就很近了。难的是在前边，从树上采摘栗子，从栗子的果实中取出那种带着坚实皮壳的褐色籽粒。原来，在栗子光滑的皮壳外面，还有一层皮壳。外层皮壳十分特殊，呈球形，拳头大小，名叫栗蓬。栗蓬浑身密密麻麻的毛刺，极易扎人，不给人亲近的机会。刚刚从树上摘下来的栗果，好似一个个蜷缩着身子的小刺猬。栗果上的毛刺亦如刺猬的刺，用于自卫。失去保卫的果实，还不被贪嘴的动物吃得一干二净。栗子不像桃子，桃子被吃的是皮肉，留下了不能吃的内核，而种子恰恰保全在内核之中。栗子呢，被吃掉的正好是内核，是种子，被遗弃的才是没用的两层皮壳。栗子外表必须有毛刺，毛刺保持了这一物种的延续。

或许，正因栗子不容易被吃掉，才成为一个古老的物种。栗子存在的历史，少则两千多年吧。此话绝非妄言，有《诗经》为证。在《国风·鄘风·定之方中》里有诗句："树之榛栗，椅桐梓漆，爰伐琴瑟。"诗句在颂扬卫文公广栽树木，其中栽有榛栗。榛树栗树的果实，都可以用作祭祀的供品。从诗句中可见栗子早已存在，栗子同榛子一样，都是美味的坚果。要不，怎会用于祭祀，敬献到祖先神灵面前？

无从知晓远古时代栗子的味道，只知道当今栗子味美。美就美在两个字上："甜"和"面"。仅看两字，"甜"和"面"不过寻常滋味，于其他食物上可照样获得。不过，栗子的"甜"和"面"为栗子特有，他物无法替代。

不光味美，栗子还有很好的药用价值，能强腰补肾壮筋骨。李时珍说："有人内寒，暴泄如注，令食煨栗二三十枚，顿愈。

定之方中，作于楚宫。揆之以日，作于楚室。
树之榛栗，椅桐梓漆，爰伐琴瑟。

升彼虚矣，以望楚矣。望楚与堂，景山与京。
降观于桑，卜云其吉，终然允臧。

灵雨既零，命彼倌人。星言夙驾，说于桑田。
匪直也人，秉心塞渊，𫘤牝三千。

肾主大便，栗能通肾，于此可验。”苏轼的弟弟苏子由曾食栗养生，作诗曰：“老去自添腰脚病，山翁服栗旧传方……客来为说晨兴晚，三咽徐收白玉浆。”子由同兄长一样会吃，将栗子嚼碎慢慢咽下，吃过还不忘教教别人。

在吾乡，有一句农谚：“七月毛桃八月楂，九月毛栗笑哈哈。”说的是，七月野山桃熟，八月山楂熟，九月毛栗熟。关于栗子成熟期，古书早有记载。西汉刘向《别录》曰：“栗生山阴，九月采。”不仅说出了栗子成熟期，还介绍了栗子的习性，喜阴不喜阳，常居山之北。知道了栗子产于何处，几时成熟，想吃栗子时便明白如何寻找。

吃栗心切，容易犯错。犯错的代价是受伤，手被栗蓬的毛刺扎伤，或者被滚烫的栗壳烫伤。食栗时不能性急，切不可火中取栗。果真接近了火中之栗，准会听到背后有猴子轻声窃笑。

园中无棘

识得“棘”字，因为“披荆斩棘”一语。那时候，年幼的我们看似豪情万丈，实则是无知无畏，根本不知“荆”“棘”为何物，却大言不惭，夸口“披斩”。尤其对于“棘”，换个语境极有可能误认误读。比如“棘手”，我不止一次听人读成“辣手”。

年岁渐长，阅历渐丰，眼界宽泛起来，对世事的认识，逐渐接近实质。读《诗经》，遇“棘”字，对“棘”字有了较深了解。

“园有桃，其实之殽”。“园有棘，其实之食”。这是《诗经·国风·魏风·园有桃》中的诗句。读不读《诗经》都知道，园中之“桃”依然是“桃”，一种最常见的水果。“棘”则不一样了，不读《诗经》真不知道“棘”为“枣”，一种有酸味的枣。

放下《诗经》，去《说文》中找寻，果真得到验证：“棘，小枣丛生者。”想一想便觉得这解释合乎情理，使人信服。“棘”字与两个字关系密切，一个是“朿”，一个是“枣”。“朿”者，木芒也。“芒”即“刺”，古代“朿”与“刺”通用。两个“朿”并列在一起为“棘”，意为多刺。“朿”下加了两点，刺丛之中有了星点之物，意为“枣”。后在陆佃《埤雅》中再次得到印证：“大曰枣，小曰棘。棘，酸枣也。枣性高，故重；棘性低，故并，音‘次’。枣、棘皆有刺针，会意也。”

关于枣树，再熟悉不过。小时候，我家院子里就有一棵枣树。细高且直的树干，让人感觉木质坚韧。树枝上多刺，树叶厚实，叶面有一层蜡光。当年吃自家枣树上结出来的枣子，脆甜脆甜，从未吃出酸味。所以，不知道枣中还有酸枣。

多年后，我第一次去皖南，到徽州，上黄山。时在深秋，树叶变黄的季节，山上有些树叶受不了秋寒，已提前辞别了枝头。爬山途中，于一处向阳坡上，被路边一些裸露的野果拽住了目光。那是些类似枣子的红果，却没有枣子那般椭圆，它近乎圆球形，密密麻麻，缀在匍匐于地的藤蔓上。一位当地朋友张口便说，嗨，这不就是酸枣嘛，皖南山区多的是。同行中一位兄弟好奇地问了一句，酸枣能吃吗？那位朋友十分肯定地说，当然能吃，它还是一味中药呢。它营养丰富，长期食用，对人体大有好处。说完，他像采摘自己园里的果实一样轻松自如，信手摘下一枚，在手心蹭了几下，便入口了。大家跟着采摘，小心翼翼地品尝。的确，味道不错，酸酸甜甜，有股特别

园有桃，其实之殽。心之忧矣，我歌且谣。不知我者，谓我士也骄。彼人是哉，子曰何其？心之忧矣，其谁知之？其谁知之，盖亦勿思！

园有棘，其实之食。心之忧矣，聊以行国。不知我者，谓我士也罔极。彼人是哉，子曰何其？心之忧矣，其谁知之？其谁知之，盖亦勿思！

的清香。

从皖南回来后，某天突然想起了酸枣的味道。吃不上酸枣，只好查阅资料，品尝书上有关酸枣的文字。于《本草纲目》上读到了这样的文字："酸枣味酸、性平、无毒，主祛邪气，安神养心，平胃气，通七窍，助十二经，补中气，增津液，久服轻身延年。"确信那位徽州朋友没有信口开河，他说的有根有据。继续翻阅《本草纲目》，发现酸枣的药效主要在酸枣仁，它可以安神、养心、敛汗，益于睡眠。随后，在合肥大药房买药，遇见了中成药"镇静安眠丸"。看包装盒上的说明文字，它的主要成分竟是酸枣仁。

后于《徐霞客游记·游黄山记》中读到："攀草牵棘，石块丛起则历块，石崖侧削则援崖。"这"棘"，不就是那次在上黄山途中采摘到酸枣的藤条嘛。偶然的阅读，让我坚信了那位徽州朋友所言，皖南之地多酸枣。

酸枣是一个古老的物种。三千年前，酸枣如桃，被人种在自家果园里。或许，是后来人将酸枣进行了品种改良，才有今天香甜可口的新疆大枣。

而作为酸枣的棘，早已落寞地走出果园，迷途于荒山野岭。今日园中，不再有棘。

桧楫松舟。

从书上得知，孔庙里有一株树龄两千多年的古桧树，心向往之，拟去探访。转而一想，又生一份担忧。桧，也值得一访？“桧”自与“秦”联袂之后，一直为人不齿。清乾隆时状元秦大士到西湖瞻拜岳坟时，曾题写这样一副对联：“人从宋后羞名桧，我到坟前愧姓秦。”可见，对于“桧”，世人有多忌讳。

不过，此“桧”非彼“桧”，同字不同音，更不同义。它不是人名，无关秦桧，只是一种树名。《诗经·国风·卫风》曰：“淇水滺滺，桧楫松舟。”可见，桧是与松相提并论的树名。

后来，一个偶然的机会到了山东曲

阜。未抵曲阜，先想着拜谒孔庙。去孔庙之前，自然记起了先前读过的明人张岱的小品文《陶庵梦忆》。书中写到孔庙，一篇《孔庙桧》专述孔庙里一棵桧树："进仪门，看孔子手植桧。桧历周、秦、汉、晋几千年，至晋怀帝永嘉三年而枯。枯三百有九年，子孙守之不毁，至隋恭帝义宁元年复生。生五十一年，至唐高宗乾封三年再枯。枯三百七十有四年，至宋仁宗康定元年再荣。至金宣宗贞祐三年罹于兵火，枝叶俱焚，仅存其干，高二丈有奇。后八十一年，元世祖三十一年再发。至洪武二十二年己巳，发数枝，蓊郁；后十余年又落。摩其干，滑泽坚润，纹皆左纽，扣之作金石声。"

张岱的文字，将这棵桧树的前世今生记述得十分详备，让人觉得这棵树实在太神奇了，甚至不敢信以为真。

到了孔庙，真的见到了那棵树。一进门，最先入眼的是庭院里许许多多情态各异的森森古木。它们好似一本本厚重的历史书册，沧桑的岁月充实了书的内容，使得每棵树皆有看头。古木太多，随便哪棵都有千儿八百的树龄。到底哪棵古树才是孔子亲手种植的呢？问孔庙解说员，那姑娘说，别急，马上会看到。听她如此作答，心倒定了下来。看来张岱未作戏言，那棵树的确存在，至今尚能见到。

果然，再进一道门，到孔庙主体院落大成门内，一树高挺，耸然在目。树东有一碑，书"先师手植桧"五个朱红大字。解说员说，这就是孔子亲手栽的那棵桧树。相传，孔子共植桧树三株，因年代久远，另外两株早已枯死，此株巍然独存。

目光从高高的树梢上游移下来，顺着树干，到达树根裸露的地面。最后，停留在树东边那块石碑上，盯住了碑文中最底

淇水在右，泉源在左。巧笑之瑳，佩玉之傩。

淇水滺滺，桧楫松舟。驾言出游，以写我忧。

下那个字，“先师手植桧”的“桧”。原先，对桧的树名是陌生的，不知桧为何树。眼前这棵树倒不陌生，它是极寻常的一种柏树，圆柏，也叫香柏，因为它的灵魂有香气。至此，方知桧树即柏树。下次再说孔子手植树，不说那是一棵桧树，就说是一棵柏树吧。以“桧”名树，容易招人反感。

站在古树下，想起了张岱的《孔庙桧》。文章说：“孔氏子孙恒视其荣枯，以占世运焉。”这棵柏树，可谓孔氏家族命运的象征。其实，它又何尝不是这个曾经多灾多难、枯而又荣的古老民族命运之象征！

彼采葛兮。

对葛并不陌生，很早就熟识。知道葛是一种藤本植物，介于草木之间。这种植物于人有益，可吃可用。

最初是在家乡小河埂上见到葛的。河很小，小得连名字都没有，乡人叫它小河。因为其小，河道不宽，河埂却高。高高的河埂两边，斜斜的坡面上长着高高矮矮许多杂树。树底下是茂盛的草，各种各样的草，有名无名的草。草丛里，几乎随处可见一种植物。它好像不是草，也不是木。它的体态不像草那么柔软，也不像木那么坚硬，它是一种介于草与木之间的藤。叶子的形状和颜色，都似红薯叶子，此叶无长茎，直接贴在藤上。

它开淡紫色的花，与爬在墙上的月亮菜的花接近。那种植物，乡人谓之葛藤。葛藤的藤，细长而韧，乡人常用做手工编织的材料。女人爱用它编织装针线的笸箩，男人则喜欢用它编成鱼篓。孩子们模仿大人用葛藤编织，编的多是小猫小狗小兔什么的玩物。

认识"葛"字，还不是因为葛藤这种植物。起先，只知道它叫葛藤，并不知道葛藤的"葛"字长啥样。识得"葛"字，是因为身边有葛姓人家。曾经对葛姓追根求源，了解到葛出自嬴姓，以国名为氏。夏代，有诸侯方国葛国，在今河南长葛市。《孟子·滕文公》载："汤居亳，与葛伯为邻。其后有葛氏。"又传说葛氏为古葛天氏之裔，或云在伏羲之前。得知葛姓来源后，对汉字中的"葛"便有种亲切感，甚至另眼相看。

关于葛洪，则是在后来阅读中相识。知道了葛洪是东晋道教学者、著名炼丹家、医药学家，江苏句容人。相传当年葛洪在茅山脚下炼丹时，发现一种植物有巨大的根块。天生万物，各有其用。葛洪坚信，那根块必有用途。当时，句容正闹瘟疫，葛洪以此根块治好了百姓的病。后人为纪念葛洪，便把此种植物命名为"葛"。

想起《诗经·国风·王风》："彼采葛兮，一日不见，如三月兮。"显然易见，作为植物，葛的存在比葛洪所在年代早得多了。至于后人以"葛"纪念葛洪，也许只是巧合。

由葛洪用葛根为百姓治病的故事，想到了葛根的医学价值。《本草纲目》记载："葛，性甘、辛、平、无毒。主治消渴、身大热、呕吐、诸弊，起阴气，解诸毒。"现代医学研究发现，葛根中的异黄酮类化合物葛根素还对高血压、高血脂、高血糖

彼采葛兮，一日不见，如三月兮！

彼采萧兮，一日不见，如三秋兮！

彼采艾兮，一日不见，如三岁兮！

等心脑血管疾病有一定疗效。

难怪，葛根在市场上十分走俏。秋冬季节，葛根被挖出来，洗净，切片，晒干，许多人买回去直接泡水当茶饮。此外，将新鲜葛根带水细磨，过滤后形成淀粉，更是很好的食材。葛根粉似藕粉，可用开水冲服。将冲泡后的葛根粉搅拌成糊状，白色即变无色。亦可用葛根粉调兑鸡蛋摊成鸡蛋饼，吃起来特别爽口。还可将其做成团团，汤煮，或者清蒸，那道菜名叫葛根粉圆子。

《本草食疗》载："葛根蒸食之，消酒毒。"请教专业人士得知，常吃野生葛食品能滋养容颜，使皮肤白皙、光润、细腻，焕发青春光彩。坚持喝豆浆可以滋养肌肤，是因为大豆中含有微量异黄酮，而异黄酮在野葛中的含量与活性，远远高于大豆。

不深入研究还真不知道，生长在山上、河边，与草芥为伍的普通植物，竟是如此宝物。

辑三

晓看红湿处

春天，红蓼花开时，去草色青青的河边吧。

言采其蓄。

小时候，有次跟祖母去菜园地。时间该是初秋，天气还热，地里红薯叶子青碧光亮，生长茂盛。在一块地边，发现一株长得极像红薯的藤状植物。红薯藤粗壮，有筷子头那么粗。这种植物的藤却很细，细如那年头女人手里常捏的织衣篾针。红薯藤向来踏踏实实匍匐在地上，这种藤却总是昂着头寻找可以攀缘的高枝。红薯叶子宽大而厚实，它的叶子则是窄一些薄一些，还有一个尖尖的角。那时节，满地红薯不见开花，它却热热闹闹地开花了，开出了几朵牵牛花般的喇叭形五角紫色花。

浓重的好奇心驱使我蹲下身去，仔细

观察那根与众不同的藤蔓，看它长出的叶、开出的花。尤其是那几朵喇叭花，格外让我感兴趣。我伸出手去，掐了一朵紫色的花，准备放到嘴边去，当成一只小喇叭，看能否把它吹得“叭叭”叫。

放下！祖母发现了我的顽皮举动，一声断喝吓得我一颤，那朵喇叭花从我嘴边颓然坠落。祖母挪动一双小脚，不太便利地走过来，将蹲在地上的我一把拽起，在我小手上拍打了两下。那种拍打显然是高高举起轻轻放下，一种有架势而无力度的拍打。目的不是将我打痛，是要我长长记性。

祖母拉长着脸，瞪圆着眼，厉声责问：“这花也能摘？”我有些不服气地反问祖母：“为何不能摘？”祖母毫不含糊地说：“它是打碗花！看着是花，其实是神，专管人手上的饭碗。谁也不能碰它，碰了就会让人在吃饭时打掉饭碗。”

我这才服气。我有过打碎饭碗的经历，不止一次。有次端着饭碗在场院里疯跑，追赶小伙伴，结果人摔倒了，手中饭碗也被摔碎。碗里白米饭撒了一地，乐坏了在院里溜达的一群芦花鸡，纷纷跑过来幸灾乐祸地啄食地上的饭粒。还有一次，可能是更小的时候，白天玩累了，吃晚饭时竟端着饭碗睡着了，一松手饭碗“哐当”一声掉到地上。碗摔碎了，我受到惊吓，又担心挨打，便哇哇大哭。此时祖母却是慈祥的，伸手搂抱着我，轻抚着我的后背，口中念念有词：“莫怕，莫怕，碎得好，岁岁平安啊！”话虽如此说，孩子打碎饭碗，大人心里总归是不高兴的。物质上的损失尚在其次，主要是给了大人某种无形的压力：这孩子到手的饭都吃不进口，将来能吃上饭吗？

有了儿时于菜园地里摘打碗花的经历，我对打碗花的印象

我行其野，蔽芾其樗。
昏姻之故，言就尔居。
尔不我畜，复我邦家。

我行其野，言采其蓫。
昏姻之故，言就尔宿。
尔不我畜，言归斯复。

我行其野，言采其葍。
不思旧姻，求尔新特。
成不以富，亦祇以异。

便深了，见了打碗花就能认得出来。十年前的秋天，在青岛住了近三个月。住的地方离海边很近，每天吃过晚饭总爱去海边散步。有天傍晚，天气晴好，夕阳西下，云蒸霞蔚，海上金波翻滚，颇为壮观。同一位青岛本地朋友沿海岸行走，登上了一座小山头，远眺海上汹涌金潮。忽然在路边发现几朵白色喇叭花，便俯下身子去看，由花朵找到了开花的藤。那藤和叶竟如儿时在菜园地里见到的打碗花一样，花的形状也一样，只是颜色不同，一个是紫色，一个是白色。它是不是打碗花呢？

一时拿不准，便问身边的朋友："这花这么眼熟，它是什么花呀？"朋友说："这是俺山东人所说的'葍子苗'，又叫面根藤。"朋友接着介绍，它可是一种不错的野菜呀，春天掐了它的嫩苗，清炒了吃十分爽口。到了秋天，它会在根部长出硕大的茎块，很像芋头，富含淀粉。从前一到饥荒岁月，人们漫山遍野找寻它，拿它当作芋头充饥。食用之外，它还有不错的药用价值，能健脾、益气、利尿和止痛。不过这东西可不能多吃，它滑性大，能让人腹泻。胶东半岛地区有句谚语："葍子苗，葍子苗，吃半碗，拉一瓢。"

听朋友这么一说，便明白这是一种不凡的植物，却还没有听清楚它的名字。问朋友，是漂浮的"浮"，"浮子苗"吗？朋友说，不是，"葍"是草字头下"一口田"，因为这种植物最喜欢生长在田间地头。其实，它还有个广为人知的名字，在许多地方人们都叫它打碗花。

原来如此。它让人想起《诗经》里的句子："我行其野，言采其葍。"《诗经》里的"葍"，竟是后来所说的打碗花。

匏有苦叶

在《诗经》中读到“匏有苦叶”，由“匏”我想到了另外一个门类接近的字：“瓠”。古书上说，“瓠”，从“瓜”，从“夸”。“夸”是空虚的意思，“瓠”便是一种腹中虚空的瓜了。

《诗经》里说的匏，我一点也不陌生，它的名字叫葫芦。葫芦的形貌近乎“凸”字，下面一个圆球体，上面一个圆柱体。那模样极似弥勒佛，喜气四溢，招人喜欢。在家乡，我还见过另外一种葫芦，它的外形很简单，长成一根长条，长得好的差不多有成人手臂那么长那么粗。这种葫芦乡人不叫它葫芦，叫“护子”。“护子”的“护”只是它的语音，文字是如何写的，从前我并不知道。作为蔬菜，“护子”的味道与葫芦很接近，所以我私下里总把“护子”当成葫芦的一种，以为它是一种长相特别的葫芦。直到读了《诗经》，我才将曾经吃过的长条形葫芦与这个由“夸”和“瓜”组成的“瓠”字对上号。

在我的记忆里，葫芦跟南瓜好像是孪生姐妹。她俩有很多相同点，叶子像，藤也像，生长周期也同步，都是于春天里发芽、长叶，在夏日里攀藤、开花、结果。只是花的颜色不同，葫芦开白花，南瓜开黄花。两种果实的肤色各自跟着花儿走，葫芦是白色，南瓜是黄色。作为食物，葫芦只是菜蔬，南瓜青嫩时是菜蔬，老熟了则是粮食，被归属到杂粮一类。青嫩的南瓜和葫芦一样，是夏季时鲜蔬菜。到了秋天，葫芦和南瓜都老了。老南瓜如今看来是一种美食，蒸熟了吃，又香又甜又面。老葫芦却不能吃了，它汁水干涸，内瓤空洞，肉质硬化，外壳坚韧如木。

老葫芦虽不能吃，却另有用场。最简单的作用是将干枯的老葫芦一分为二，做成葫芦瓢。吾乡有俚语：“一个葫芦两块瓢。”言说办事干脆，或曰情况明摆，毋庸置疑。瓢也被说成水瓢，一听就知道它是取水的工具。大概从人类认识葫芦利用葫芦的那一天开始，瓢就不离人的左右。没有瓢，人们饮水就只好用双手掬捧了。

“弱水三千，我取一瓢。”世间的水实在太多，人用不了那么多，一瓢足矣。提起瓢与水，我想起了《红楼梦》第九十一回宝黛之间那段精彩对话。黛玉道：“宝姐姐和你好，你怎么样？宝姐姐不和你好，你怎么样？宝姐姐前儿和你好，如今不和你好，你怎么样？今儿和你好，后来不和你好，你怎

匏有苦叶，济有深涉。深则厉，浅则揭。

有弥济盈，有鷕雉鸣。济盈不濡轨，雉鸣求其牡。

雝雝鸣雁，旭日始旦。士如归妻，迨冰未泮。

招招舟子，人涉卬否。人涉卬否，卬须我友。

么样？你和他好，他偏不和你好，你怎么样？你不和他好，他偏要和你好，你怎么样？”宝玉呆了半晌，忽然大笑道：“任凭弱水三千，我只取一瓢饮。”黛玉道：“瓢之漂水，奈何？”细想一想，这还真是个问题。以瓢取水，将瓢入水，一不小心失手了，瓢便顺水漂走了。没有瓢，还怎么取水呢？那一瓢水，宝玉最终没能取上，黛玉一语成谶。

也有老葫芦并不是一锯两开做瓢用的。它们继续保持葫芦的模样，同样作为容器，用于储存液体或细小的粒状固体。只需将葫芦顶端锯开，分开的两部分就变成瓶与盖，瓶与盖之间，往往通过打孔穿绳系在一起。从前，这种葫芦常用来装酒，成为酒葫芦，挂在身上，想喝酒了就捧起葫芦“咕咚”一口。这事平常人可能做不出来，济公却可以。鞋儿破，帽儿破，装酒的葫芦挂脖儿。

吾乡人说：“何苦葫芦不挂壁上挂颈上？”意说葫芦就该挂在壁上，不该挂在颈上。将葫芦挂在颈上，那是一种麻烦。将葫芦挂在壁上，似乎是最佳选择。球形底部的葫芦很难放得稳妥，人一松手它就倾倒，只有将它挂在墙上。那葫芦里装的可能是液态的油脂，也可能是作物种子，留待来年交与春天和土地。贵重物品储存在葫芦里，高高挂起，安全放心，老鼠无法偷嘴。后来墙上挂葫芦成为一种装饰，那些大大小小完完整整的葫芦被当作工艺品，寄托着人们的美好愿望，点缀着人们的日子。

对于农家而言，老葫芦的出现，更多时候是个意外。当然，也有在意料之中的。意料之中的老葫芦，是农家留做种子的。挑拣长得健壮的葫芦，手下留情，不予采摘，任其老熟。待葫芦瓢内的籽粒饱满了，便可以做来年的葫芦种。偶有不做种的葫芦，人也任其老，那是无奈。葫芦有甜苦两味，甜葫芦才被食用，苦葫芦没有人愿意食用。被冷落的苦葫芦，很是无趣，在孤独的时光中老去。鲜嫩的苦葫芦没有用场，老了的苦葫芦则有用场。它跟甜葫芦一样，老而弥坚，有一个结结实实的躯壳，可以做瓢。意外的情况当然也有，那是葫芦藤叶长得过于茂密，有甜葫芦躲在里面没有被主人发现，待藤枯叶落时，漏网的葫芦也就老了，无法食用，只能做瓢。

葫芦瓢不仅是水瓢，还可以盛酒，给人当酒杯用。不信?可以查阅词典，看看“合卺酒”是怎么回事。“合卺酒”，相当于如今的“交杯酒”，出现在古人的婚礼上。卺，一种匏瓜，味苦不可食，俗称苦葫芦，多用于做瓢。合卺之说，始于周朝，为古时夫妻结婚的一种仪式。仪式中用一个匏瓜剖成的两个瓢，以线连柄，新郎新娘各拿一瓢饮酒。同饮一卺，象征婚姻将这一对男女连为一体，永不分离。这种象征是祝福，此外还有另外一层更深的含义，那是对一对新人的期望。古时的酒都由自家的粮食酿成，酒精含量很低，味道香甜可口，类似于现在的酒酿、醪糟等饮品。婚礼司仪将新人父母亲手酿造的甘甜的美酒倒入两个苦涩的葫芦瓢中，寓意夫妻二人从此同甘共苦，患难与共。在那种热烈隆重的场合，看似不起眼的葫芦瓢，实则是一种非常重要的道具。

蜾蠃之实。

我的家乡大别山东麓皖河中游两岸那片丘陵地带，如今是远近闻名的瓜蒌之乡。

瓜蒌这种藤本植物好像认准了家乡的那块土地，山洼地里有，小河埂上有，人家的院墙篱笆边也有。几乎随处可见瓜蒌或攀缘或匍匐的身影，乡下可见，城里也能见到，似乎它是美化环境、庭院绿化的良好选材。

初识瓜蒌是在二十多年前，那时我才住进家乡小县城不久。县城位于皖水和潜河两条河流之间，那地方是两条河冲击而成的沙质土壤，肥沃潮湿，有利于农作物及野生植物生长。

我徂东山，慆慆不归。
我来自东，零雨其濛。
果蠃之实，亦施于宇。
伊威在室，蟏蛸在户。
町畽鹿场，熠燿宵行。
不可畏也，伊可怀也。

有一次，我与朋友三人一起去探访一处老宅子，时在夏天。房子长时间无人居住，屋前屋后杂草丛生，绊脚的草莽之中，我发现几棵貌似葫芦的植物。在草地上匍匐着葫芦藤一般的藤蔓，藤蔓上长着跟葫芦近似的叶子，藤叶间开了几朵白色的花，花瓣上拖着些细长细长的流苏。看到这些，我便自然而然地以为这是野葫芦。

看了也便过去了，我并没有把这种长在老宅旁边的野葫芦放在心上。随后，我们三人合伙出资买下了那幢老宅，次年春天拆了旧房盖新房，每人盖了约两百平方米的上下两层小楼，前后还各有一个小院子。房子盖好了，没有立即入住，让其通风晾干，放了将近一年时间。秋日里的一天去空房子里察看时，在后院里发现几只野葫芦。它的藤蔓爬上了墙头，几只拳头大的小椭圆形果实明目张胆地挂在院墙上。在白色墙体的衬托下，青碧的瓜果格外引人注目。

野葫芦的生命力真是顽强，盖房子时这院子所在地的表层浮土都清除了，见到了下面的硬底子。可能是野葫芦的根扎得特别深，还有一部分残留在深土层里，没有完全被铲除。春天一到，它便从土壤深处醒过来，出芽长叶爬藤，开花挂果在墙头上。抑或是一只鸟儿在不远处饱食了野葫芦的内瓤，经过一番消化吸收后，趁着无人之机，把一颗或者几颗野葫芦的籽粒带到了这间小院里。原本就肥沃的土壤，加上生命力旺盛的种子，一棵植物便有了向世界充分表现自己的机会。

有了这样两次与野葫芦不期而遇的经历，我在有限的视野里，一有机会便留意野葫芦的存在。好几次，我在县城里别人家的院墙上看到了野葫芦，其中一家离我住的地方不远。有一天，我从那家门前经过，恰好那家院子门开着。顺眼一瞅，院子好大好漂亮，里面布置得挺讲究，有果树，有花卉，还有瓜架。

那家主人刚好在院里，他大概是在欣赏自己的杰作吧。见我在门外驻足观望，他便从里边走出来，面带善意地朝我微笑示意。我也回他一笑，顺口说了一句貌似客套却又实在的话，你家院子打理得好漂亮啊。那人回应说，还可以吧，侍弄这个比较在行。原来，这家主人是个农艺师，成天琢磨的就是花花草草。

对话的同时，我看清楚了那家院子里的瓜架上挂的也是野葫芦，长势繁茂的野葫芦，嫌瓜架不够高，争先恐后地往墙头上爬。我明知故问，那瓜架上挂的是什么瓜？那家主人有些得意地回答，你不认识啊，这就是瓜蒌，也叫天瓜、野葫芦。它浑身上下可都是宝啊，瓜皮、瓜子和根茎都可以入药，尤其是它的根部容易长成较大的茎块，茎块里含有丰富的淀粉，药食两用的天花粉便是来自它的根茎。

一番对话之后，那家主人十分得意，我也有些得意。因为我猜对了，我从第一眼看见它，心里就叫它野葫芦。不是我有什么先见之明，是家乡人差不多都有这么一个认知习惯：野生的某物像啥，就在啥的名字前面加个“野”字。这种名叫“瓜蒌”的野生植物，因为像葫芦，所以叫它野葫芦。我这么叫它，别人也这么叫它，连那位内行人也这么叫它。

后来，我在家乡看到了更多的瓜蒌。不是在县城，是在乡下公路两边的田野里。整片的农田里搭建了一人高的瓜架，瓜架上爬满葫芦般的藤蔓。夏天路过时，满架的藤蔓上正开着繁星般白色的花儿。秋天再到那里，一些愣头愣脑的椭圆形青瓜便开始显山露水，大大方方地显摆出来。那时我才知道，瓜蒌是一种经济作物，种植瓜蒌已成为一种年轻的产业。

大概也就是从那时候开始，家乡一种农产品上了北京、上海等许多城市的大小超市货架。这种农产品是一种美味的坚果类零食，它看似葫芦籽，实际上是野葫芦籽，人们叫它瓜蒌籽。它的产地，我的家乡，因此被称为“瓜蒌之乡”，标注在农产品包装物上，跟着产品走南闯北名扬四方。如今，乡人们爱将瓜蒌籽作为礼物送人。瓜蒌籽不仅是美味的食品，还是一种难得的药材，人们认为适量食用瓜蒌籽有助于养生。

近日得闲，重读《诗经》，读到这句：“果赢之实，亦施于宇。”我忽然发现，“果赢”原来是“栝楼”，也就是瓜蒌，俗称野葫芦。从冰箱里翻出一小包瓜蒌籽，配上一杯热气腾腾的浓茶，一个人坐在沙发上嗑起瓜子来，越嗑越有味。不是世俗的香味，而是一股清雅的诗味。

颜如舜英。

已亥年深秋，某个周日的上午，风凉不寒，阳光正好。得闲在合肥蜀峰湾公园里漫步，于一片粉红色花朵前停下了脚步。

那是一些喇叭状的花朵，开在路边一丛不高的灌木上。灌木的枝干也不粗，最粗不过一指。绿色的叶子，有枫叶的形状，但比枫叶小，颜色也比枫叶沉着。枫叶到这时节，心里就浮躁起来，忍不住脸红耳赤。这种灌木的叶子却还是绿的，绿得发青。犹在葱茏夏日，不知季节已走远。

这也难怪，人家本来就是个晚熟的物种。别的花，都在春天里争先恐后地开放，性子缓的也在夏日里不慌不忙地开过，只有它的花偏偏要等到深秋才开。花正开着，叶就落去，是说不过去的。怎么说，这一树的绿叶也该陪伴着这些粉色的花朵。否则，叶儿们便很无趣，枉来树上一遭。花儿们更是落寞无助，叶都落了，花朵们孤零零地挂在枝头，情何以堪？绿叶的使命是映衬红花，红花没有绿叶相衬，自会逊色不少。

看到这花这木，心里忽起一种亲切感。感觉这花这木我很熟悉，对了，好多年前我就认识它。我家老宅的屋后有一处园子，朝外没有砖砌的围墙，只有一堵紧密的篱笆墙。篱笆由草木混合相间搭配而成，主体是芭茅草。这种草叶如刀，是很锋利的，人畜不敢靠近，蛇虫们钻过篱笆也得小心，弄得不好，轻则伤痕累累，重则身首异处。那些芭茅草长得密不透风，恰似一堵墙。可能是为了美观吧，这篱笆墙上间或种有一些并不高大的树木，还有一些带刺的藤条。

树木的种类不多，主要是长成宝塔形的刺柏。我没见过刺柏开花，只见它一年四季常绿，如针的刺叶在寒冬也郁郁葱葱。大概正是因为这点，它被种在篱笆墙上，成为看家护院队伍中得力的一员。还有一种散落在芭茅草丛中的树木，以密集的枝条形态出现在篱笆墙上。那种树木是开花的，也在秋日里开花，开出粉红的喇叭花，就像眼前这些花。它的叶是绿的，也似眼前这些叶。

我一直没弄明白那种绿叶粉红色花的树木叫什么名字，只记得祖母叫它“木花梨”。这只是我从祖母豁了牙的口中听来的大概语音，并不确定就是这三个字。在这三个字中关键字是“梨”，对此我无法理解，怎么看那树木也不是梨。

有女同车，颜如舜华。
将翱将翔，佩玉琼琚。
彼美孟姜，洵美且都。

有女同行，颜如舜英。
将翱将翔，佩玉将将。
彼美孟姜，德音不忘。

真是踏破铁鞋无觅处，得来全不费工夫。几十年都没弄明白的一个物种名称，此刻赫然在目。低头看路边草地，那儿立有一块木牌，上面有一段文字，介绍了眼前那片开粉红喇叭花的灌木。

我在那块木牌上至少获取了这样几个信息：它的名字叫木槿，古时候叫舜；它有药用功能，花、根、叶和种子皆能入药；花开时短，朝开暮落。

原来它就是木槿啊！木槿的名字我是熟知的，可就是没有将名字与实物对上号。由木槿的古名“舜”，我想起了《诗经》中的句子：“有女同行，颜如舜英。”这是一种古老的植物，先秦时期就存在了。看来，将女子比作花朵真是一个老掉牙的说法，先秦的人就是这么说的，跟他同行的那个女子，貌美如花，如粉红色的木槿花。

从蜀峰湾公园回来，翻阅《本草纲目》，在众多的草木中找到了木槿。从书上得知，木槿还有几个别名：无穷花、花奴王蒸、藩篱草，还有日及。只有“日及”有解释，李时珍说：“此花朝开暮落，故名日及。”其他几个名字都不好理解，尤其是“藩篱草”最不好理解，藩篱犹可，我家的老宅子就是用它筑起了篱笆。草作何解？它明明是木而不是草。关于它的药用功能，书上自然有记载。李时珍说：“木槿皮及花，并滑如葵花，故能润燥。色如紫荆，故能活血。川中来者，气浓力优，故尤有效。”在李时珍看来，作为药用的木槿，产自川地的最好。原来，四川的土壤和气候最宜木槿生存。

种在蜀峰湾公园里的木槿，当然不为药用。园林设计者觉得它好看，在公园里营造了这一处景观。的确，不是好看，不是景观，如我这般在公园里溜达的游人，就不会在它跟前留步，甚至都不会发现它的存在。尤其是在百花开过草木即将凋零的深秋季节，于公园里看到这样一片粉红如霞的花朵，是很能提振精神的。

不过，由于木槿花朝开暮落的特点，有人对它生出了厌恶之情，认为它如同那些感情不专一的人，朝三暮四。唐代诗人孟郊就写过这样的诗句："小人槿花心，朝在夕不存。"显然，孟郊不喜欢木槿花。在孟郊心里，木槿花等同小人。

其实，这不过是诗人的偏见，并无多少道理。大凡美好的东西，都不会普遍存在，更不会长期存在，往往独此一处，转瞬即逝。木槿花若非朝开暮落，这种开花的树木还是木槿吗？舜的古名也就无从由来。

孟郊的说法太偏激了，如同在美人脸面上涂墨。我还是喜欢《诗经》里的句子，尽管女子如花的说法今天看来略显俗气，但还是能给人美好的想象。

有敦瓜苦。

朋友请吃饭，点菜时点了一道“君子菜”。

朋友自言自语说这菜好，明目，清火，还能降血脂、血糖。不假思索问朋友，何谓“君子菜”？朋友信口答道，苦瓜呀。叫苦瓜为“君子菜”还真名副其实。苦瓜的味道是苦的，可苦瓜之苦只苦自己，从不把苦传染给别人。跟苦瓜一起烹饪的菜肴，只有苦瓜味苦，同锅烧出的其他菜料不沾苦味。比如苦瓜烧肉，肉不苦；苦瓜炒鸡蛋，鸡蛋也不苦。宁苦自己，不苦别人，这不正是君子品格嘛。

其实，我对苦瓜并不陌生，苦瓜原本是我爱吃的一种菜蔬。苦瓜之苦，不是真的苦，不是彻底的苦，它苦中有甜。或者说，入口是苦，回味却甜。正因这一点，我每每从林林总总的菜品中选择了苦瓜。

未尝苦瓜之苦，首次从菜市场上采购苦瓜，是因为记忆中有一种跟苦瓜极其类似的瓜果，名叫赖葡萄。它和苦瓜最直观的相似点是凸凹不平的表皮，恰如癞蛤蟆的皮肤。赖葡萄的“赖”，或许由此而来吧。至于它为何在“赖”姓后面配上“葡萄”之名，不像苦瓜那样直呼“赖瓜”，原先我并不明白。两者也有不同处，外形不一样，苦瓜是长条，赖葡萄粗短；苦瓜颜色多见青碧，赖葡萄则是金黄；内里更不一样，苦瓜白瓤，赖葡萄却是红瓤。

小时候，自家院里种过赖葡萄，跟丝瓜同时栽种，差不多也跟丝瓜同时开花结果。丝瓜是趁嫩吃，老了不能吃。赖葡萄要等到老了吃，不老不能吃。丝瓜要烧熟吃，当然是蔬菜。赖葡萄呢，则跟桃子、梨子一般，摘下便吃。从这个角度看，赖葡萄算是水果吧。它的内瓤也似熟透的水蜜桃那样红，那样甜。

不负朋友一片好心。他既郑重推荐“君子菜”，我便对它生出浓厚的兴趣来。查阅典籍，想对这道“君子菜”有更多了解。先是在明朝李时珍《本草纲目》上读到：“苦以味名。瓜及荔枝、葡萄，皆以实及茎、叶相似得名。”李时珍解释了苦瓜名字的来历。苦瓜又叫“锦荔枝”，是因为苦瓜外形有些类似荔枝果实的外形吧。至于苦瓜也叫赖葡萄，则是因为它的藤茎和叶子与葡萄接近。继而，还是从《本草纲目》上印证了上述说法：“苦瓜原出南番，今闽、广皆种之。五月下子，生苗引蔓，茎叶卷须，并如葡萄而小。七八月开小黄花，五瓣如碗形。结瓜长者四五寸，短者二三寸，青色，皮上痱如癞及荔枝壳状，熟则黄色自裂，内有红瓤裹子。瓤味甘可食。其子形扁如瓜子，亦有痱。南人以青皮煮肉及盐酱充蔬，苦涩有青气。”很明了，在李时珍笔下，赖葡萄和苦瓜是一个物种。的确，我曾见过很老的苦瓜，它外表发黄，内瓤变红，与赖葡萄表里颜色无异。只是我没尝过那发红的苦瓜内瓤，不知道味道是不是甜的。

后来，无意中从明朝文人费信的《星槎胜览》中读到：“苏门答剌国一等瓜，皮若荔枝，未剖时甚臭如烂蒜，剖开如囊，味如酥，香甜可口。疑此即苦瓜也。”费信曾跟随郑和四下西洋，将沿途所见所闻记录成书，流传后世。李时珍笔下产于“南番”的苦瓜，会不会就是下西洋船队带回的“苏门答剌国一等瓜”呢？

一种带苦味的外来物种在本土生根开花结果，代代流传，至今存在了几百年，自有它留存的道理。主要原因是它吻合了国人的生活理念和为人之道吧：先苦后甜，苦自己不苦别人。

提起苦瓜，我总会想起《诗经》里的句子：“有敦瓜苦，烝在栗薪。”心里明白，“瓜苦”之“瓜”不是苦瓜，是一种有苦味的葫芦。作为外来物种，苦瓜来晚了，没能挤进《诗经》的大花园。

桃之夭夭。

“桃之夭夭，灼灼其华。”每在《诗经》里读到这句，我便想起四十年前我家老宅那个小院。

老宅依山面水。山是一座名叫查家虎形的小山丘，水是一口岸边长有一排老杨树的清水塘。老宅的左边和后边，是一大片以芭茅草为篱笆圈起来的菜园地。说是菜园地，种菜不多，在空地上倒是种了不少树，有桃和梨，还有香樟，实用和美观都有考虑。老宅的右边，是一个用土砖墙围成的场院，面积不小，足有三四百平方米吧。

场院里有几棵果树，我记得是三棵桃树、一棵枣树。枣树好像是后来栽的，它挂果的时候我已离开家乡。当年以一个孩子的眼光看，果树是有性格的。桃树的性格是外向的，它们喜欢喧闹；枣树的性格是内向的，它一直文文静静。嬉闹的孩子们自然跟桃树合得来，总是围着桃树转。

春节过后，天气一暖，桃树便开花了。桃树似乎是很性急的物种，新叶尚未吐出来，桃花就先开了。桃花开时，桃树好像还没从冬眠中醒过来，枝丫如铁，冰冷坚硬，锈迹斑斑，毫无活力，让人心存疑问：满树如火如荼的桃花，真的是从那棵冷酷无情的桃树上开出来的吗？

桃花是热烈的，花蕾鲜艳耀眼，绽放的花朵粉红如霞。桃花颜色热闹，气味也热闹，只是人们闻不见。蜜蜂的嗅觉比人灵敏多了，院里桃花一开，人还不知道，蜜蜂先知道了，"嘤嘤嗡嗡"飞过来，也不知它们是从哪里来的，飞了多远的路。蜜蜂似乎比那群孩子对桃花更感兴趣，孩子们只在桃花初开那两天，于桃树下面站一站，仰面看一看树上的桃花。那群孩子里若有个别女孩子，或许会掺杂一点点小心思，她想比一比，到底是树上的桃花红呢，还是她的脸蛋红？她并不一定背得出从前那个名叫崔护的书生吟咏的诗句"人面桃花相映红"。蜜蜂只顾忙碌，在这朵花蕊上叮一会，又去那朵花蕊上叮一会。仿佛它们是上天派来的使者，去各家各户串门儿，告诉人们春天的消息，一户也不落下。

蜜蜂忙忙碌碌，直到桃花凋谢。树上所有桃花全都谢了，蜜蜂似乎完成了自己的使命，悄无声息地离开了桃树，又不知飞到什么地方去了。蜜蜂走了，桃子便出来了，长在原先桃花蕊上的猫奶般的小小青桃。别看桃子小，它可逃不过孩子们的

桃之夭夭，灼灼其华。
之子于归，宜其室家。

桃之夭夭，有蕡其实。
之子于归，宜其家室。

桃之夭夭，其叶蓁蓁。
之子于归，宜其家人。

眼睛。它们刚一现身，就被孩子们的目光捕获。此后几个月，小小青桃除了有阳光照耀，还有孩子们的眼光照看。这几棵树上的桃子似乎长得快一些，总比别处桃子早一个月完成它的生命周期。在我的记忆里，场院里那三棵桃树结出的桃子从未红过，味道也并不好吃，又苦又涩。

桃子不好吃，孩子们也不怪罪桃树，自己心知肚明。桃树不容易，年年开花结果，不是一件轻松的事。桃树可能也有受委屈的时候，孩子们亲眼见过桃树流泪。桃树的泪，不在开花结果的枝头流淌，而是在桃树的主干上流淌。开花结果总归是高高兴兴的事，桃树有泪也不流在那个地方，以免扫了花果的兴。桃树的泪是透明的，琥珀的颜色。伸手去摸，怪柔软的，外表光润，并不粘手。实际上它很黏稠，只是从桃树体内流出来，遇见空气很快形成一个光滑的表层。

后来才知道，那种从桃树干上某些破裂的皮肤上渗出的，类似琥珀的透明物质，叫桃胶。桃胶是有用之物，用处可能比桃子还要大，除了做黏合剂，可以制糖，还可以制药。这都是书上的说法，我从没见过从场院里那几棵桃树上分泌出来的桃胶，正儿八经地派上用场。那些挂在桃树干上的透明柔软物，最后大概都落入了某些馋嘴鸟儿的口腹。桃树的眼泪，可能是甜的。

明知道它有个“桃胶”的名字，我还是情愿将它看成桃树的眼泪。在我的记忆里，桃树开始挂胶，说明树就老了，病虫害越发多起来。树亦如人，老了，病痛多了，也会悲哀的，伤心流泪似乎不可避免。

发现桃树流泪，感觉桃树已老，我便心生一念，种几棵小桃树吧，让场院里后继有桃。那时年纪还小，十来岁，只有种桃树的想法，却无种桃树的技术。凭着自己一腔热情，从外面寻找桃树秧苗，挖回来栽种在自家院子里、园子里。

农历三月间，小麦打苞孕穗时，山岗上麦地里，乃至路边草丛里，很容易见到桃树秧苗。上年度，桃子成熟时，有人吃了桃子，将桃核随手扔弃，桃核几经辗转入了土壤，才有了后来的新苗。我在路边草地上找到几十棵小小的桃树苗，挖回来栽种。成活率极低，仅存活了几棵，这也让我颇有成就感。小小桃树苗活了，我就盼它快快长高，长成大树，早日开花结果。

桃树还没有长大，我却已长大。十六岁那年，我走出老宅子，离开家乡。等桃树长大时，我人在他乡，无法看到桃树开花，更没有吃到自己当年亲手栽下的桃树结出的桃。

若干年后，老宅被拆除，原先的场院和园子都不存在了，地面上盖起新房子。每次返乡，我总想在老宅旧址上找到当年我亲手栽种的桃树。尤其是春天，赶上桃树开花时节，我都禁不住怀想，当年我栽种的那几棵桃树，如果还在，它们还会不会继续开花呢？

站在一棵红花压枝的桃树前，这棵桃树又恰好是其人多年前亲手栽植，那种感觉，真的很好，心里比吃桃还甜。

有蒲与蔺。

最近，忽然怀念一间房子。一间待了五年的房子，那是一间东南朝向的房子，窗户很大，且有一个很大的窗台。它最大的亮点是采光好，冬天的阳光总在宽大的窗台上缱绻大半天。

怀念那间房子，还不是怀念房子本身，是怀念那个宽大的朝阳窗台。其实，也不是窗台本身，是怀念窗台上的一盆花。准确地说，那还不是一盆花，只是一盆草。至少一年当中绝大部分时间，它都是一盆草，不见花开。

“我从山中来，带着兰花草。”草本的兰花本来就是草，名叫兰花草。这是胡适的诗句，当然也是张口就唱的校园

彼泽之陂，有蒲与荷。
有美一人，伤如之何？
寤寐无为，涕泗滂沱。

彼泽之陂，有蒲与蕑。
有美一人，硕大且卷。
寤寐无为，中心悁悁。

歌曲。在安徽老乡胡适心目中，兰花就是草。至今吾乡人仍称兰花为“兰草”，连中间“花”字都省略了。

那盆兰草是搬进那间房子时开始养的。在那间房子里待了五年，那盆兰草也默默地伴我五年。如今想起来，心里有些歉疚，曾经对兰草有过太多的忽视。这种忽视，并不是不喜欢兰花，是因为自己的确太忙了。忙，说起来也许令人难以置信，它好像永远是一个最容易找到的借口。其实不然，真是因为太忙而忘记了兰草甚至兰花的存在。

记得有一次，一位朋友串门，进了屋子，直奔窗台，眼睛盯着那盆兰草。盯了不算，他还将手伸到花盆里去，在兰草根部触摸泥土。在他手指接触泥土的一刹那，他惊叫起来：“这盆兰草该浇水了！”这才想起，已经很长时间没给兰草浇水了，半个月？一个月？记不清楚了。

还有一次，是冬天，在春节之前。一位朋友推开房门，还未跨进便惊讶起来：“这棵兰草开花了！”是吗？我怎么没有看到呢！其实，朋友自己也没有看见兰草开花，只是闻到了一股若隐若现的幽香。经他一叹，室中之人方闻到一丝淡淡兰香。抬眼看窗台，在兰草碧绿的叶子之中，果然一茎独立，顶端开出了一朵花，金黄的底色上镶嵌了一些紫红色的纹路，淡雅而又大方。其名为草，看起来一点也不草莽，不是大家闺秀，也是小家碧玉。

那一刻，愧疚之情油然而生。不过，很快找到了原谅自己的正当理由。“入芝兰之室，久而不闻其香，即与之化矣。”在这间屋子里，没有闻到兰花之香，不是嗅觉出了问题，是因为与兰花之香融为一体了。除了这句，夫子还说：“芝兰生于深谷，不以无人而不芳。”这兰花之香，是兰花天性使然，并非为了取悦于人。想到这里更加释然，原来，窗台上那株兰花，并不是为我而开，是自己觉得该开了便开了。本在春天才开的兰花，寒冬里早早地开了，也不稀奇。一来占了窗台之地利，没有风吹，却有日照。二来屋子里冬天有暖气，成天暖洋洋，不亚于春天，可能让兰花产生了错觉，以为春天已经来了。

兰花如此本真性情，难怪自古以来就是文人心目中的偶像。战国时期大诗人屈原特别爱兰，他在《离骚》《九歌》《九章》中多次写到兰花。“余既滋兰之九畹兮，又树蕙之百亩”，语出《离骚》。蕙是兰的一种，一茎一花是兰，一茎多花为蕙。屈原爱兰，不同时节栽种不同兰花。诗仙李白亦爱兰，为兰吟诗：“孤兰生幽园，众草共芜没。虽照阳春晖，复悲高秋月。飞霜早淅沥，绿艳恐休歇。若无清风吹，香气为谁发。”以兰入诗，最早在《诗经》。《陈风·泽陂》曰：“彼泽之陂，有蒲与蕑。有美一人，硕大且卷。寤寐无为，中心悁悁。”蕑，是兰的一种。生长在水边的兰，让人想到身材修长的美人，夜不能寐，心里难过。

古诗文中的兰，要么喻指君子，要么喻指美人，都是美好的象征。也正因为这样，五年前搬进那间屋子时，没有选择象征富贵的牡丹，也没有选择象征财富的发财树，唯独选择了纤细的兰草。

从那间屋子搬走时，曾有一事颇为犹疑，那就是关于那盆兰草的去留。最后，选择留下它。美好的东西并不一定必须带在身边，还是将它置于最适合它的地方吧。譬如，那个朝阳的窗台。

见不到兰草，也不要紧，相见不如怀念。

丁酉年冬天，合肥下了两场雪。

第一场雪，趁着夜色而来，下在人们的睡梦里，令人猝不及防，惊讶惊喜又惊叹。出门发现，道路两旁的绿叶树一片狼藉，多被大雪压断了枝丫。暴雪成灾，雪景美丽却不受欢迎。出行都困难，自然想不起去雪地里浪漫一把。

第二场雪不像第一场雪来得那么凶猛，势头略微舒缓些。雪是从早晨开始下的，到中午积雪才完全覆盖地面。望着漫天飞舞的雪花，看着地上越来越厚的积雪，忽然想到雪地里走走，伴随着“咯吱咯吱”的脚步声，在雪地上踩出自己深深浅浅的脚印。

四月维夏，六月徂署。先祖匪人，胡宁忍予？
秋日凄凄，百卉具腓。乱离瘼矣，爰其适归？

冬日烈烈，飘风发发。民莫不谷，我独何害？
山有嘉卉，侯栗侯梅。废为残贼，莫知其尤！

漫无目的地行走，或也无趣，踏雪而行该有目标。此行的目标与雪相关，她是雪的同胞姊妹：梅。“墙角数枝梅，凌寒独自开。遥知不是雪，为有暗香来。”在雪天，很容易想到王安石这首咏梅诗，也极易想起宋代另外一位诗人卢梅坡的《雪梅》：“梅雪争春未肯降，骚人阁笔费评章。梅须逊雪三分白，雪却输梅一段香。”于是，赏梅闻香之心愈切。

在合肥，赏梅的理想去处是位于董铺水库西南角的合肥植物园。园内小山坡上有一片栽种了五千多株梅花的梅园，还有一个培植梅花盆景的梅艺馆。家住合肥城西，离植物园近，去植物园看梅花，算是近水楼台了。

出了家门，从小区里往外走，走得很慢。踏雪并不轻松，走走还得停停。在横跨园内小溪的石桥头停步了，目光落在溪畔几棵小树上。这是几棵无叶之树，冬日里它们繁华落尽，只剩些光秃秃的枝丫。下雪后，枝丫不再光秃，土黄色的树枝被积雪镶上了一条条亮晶晶的白边，一副珠光宝气的模样，让人想到金镶玉之说。于众多的“金镶玉”中，突然发现一枝独秀。“秀”是红色，胭脂红，被积雪镶边后，格外惹眼。那是一根弯曲遒劲的树枝，从树干上孤零零地斜伸出来。它与别的枝丫不同，其他枝丫多是努力朝上伸向天空，它却朝下低垂。稀稀落落的几点胭脂红，懒懒散散地点缀在苍老的树枝上。胭脂红的个头不大，红豆籽粒似的。深吸一口气，好像闻到了一股清香。再吸一口气，那股清香却没有了。毫不陌生，那胭脂红是梅花的蓓蕾。将开未开的梅花，最有韵味，为观赏之佳品。原本打算去合肥植物园赏梅，却在自家门口与梅不期而遇，这一趟踏雪之行便省下来。

走近溪边那株梅，盯着枝头花蕾看，似乎要将花蕾看至花开，开出五片花瓣来。那一刻，对梅熟悉又陌生，耳边隐约响起《诗经》中的句子："山有嘉卉，侯栗侯梅。"梅花从来不是寻常物，三千年前便是先民心目中的"嘉卉"，至今梅花仍是中国十大名花之首。与兰花、竹子、菊花在一起时，被称为"四君子"；与松、竹在一起时，又被称为"岁寒三友"。冰天雪地里，梅先百花而开，独自迎接春的到来。梅的高洁与坚强，总给人以立志奋发之激励。同时，梅开五瓣，象征五福：快乐、幸福、长寿、顺利与和平。这是我熟悉的梅花。至于陌生，在雪地里与一株梅面对，平生第一次。

独立寒雪中，等一株梅开花。久了，有些走神，无端地想起我的家乡，那座以梅命名的小城。我的家乡潜山县，县城名字叫梅城。因为梅城，我一直对梅怀有亲切感。其实，在家乡梅城，并不见满城梅花，甚至想看一株梅花也不是一件容易的事。但在小城的空气中，总能闻到梅花若有若无的暗香。在这座小城里，收藏了不少关于梅的传说。比如，在梅城，有一条小街名叫梅花小姐，名字里就藏有一段故事。再如，《世说新语》载："魏武行役，失汲道，三军皆渴。乃令曰：'前有大梅林，饶子、甘酸，可以解渴。'士卒闻之，口皆出水。乘此得及前源。"原来，"望梅止渴"典故发生地，竟在我的家乡梅城，即《三国演义》中多次提到的皖城。虽然"望梅止渴"的"梅"不是梅花的"梅"，提及家乡"梅城"，我还是会想到梅花。

梅花不是无情物，好生教人起乡愁。在合肥的雪地里赏梅，仿佛回到了家乡那座以梅为名的小城。

家乡的小城，名副其实，飞舞的雪花，浸染着梅花的香气。

芍药离草。

“维士与女，伊其相谑，赠之以勺药。”最喜《诗经·郑风·溱洧》这几句。阳春三月，溱洧河边，前来踏青游春的人们络绎不绝。春暖花开，草木含翠，生机勃发，爱情也在潜滋暗长。四面八方的人走出家门，相聚在河边草地上，为少男少女们创造了一个极好的交往机会。年轻的人儿往往一见倾心，成双成对地尽情嬉戏，乐而忘归。日头偏西，难分难舍，便“赠之以勺药”，表达惜别之情，相约下次再聚。

在《诗经》中读到“勺药”二字，自然想到与牡丹相媲美的那种花卉——芍药。书上注解说，勺药是古时候的一种

溱与洧，方涣涣兮。士与女，方秉蕑兮。

女曰观乎？士曰既且。且往观乎？

洧之外，洵訏且乐。

维士与女，伊其相谑，赠之以勺药。

香草，不是今天的芍药。又说，“勺”通“芍”。如此一来，“勺药”便是“芍药”了，不是也是。今人便将“赠之以勺药”之“勺药”，想象为类似牡丹的“芍药”。

关于牡丹和芍药，还有一个动人的传说。原来，牡丹和芍药都不是平凡花草。很久以前，有一年人间暴发瘟疫。花神玉女盗了王母娘娘的仙丹，偷偷从天上撒向人间。仙丹落地生根，有的长成木本的牡丹，有的长成草本的芍药。来自仙界的植物，理所当然成为人间最美的花草。牡丹，国色天香，为花中之王；芍药，风姿绰约，属花之丞相。它们不但天生丽质，而且还是妙药，为人治病，救人性命。牡丹和芍药的花、叶、根、茎都能入药，中药名录里的丹皮和白芍，便来自牡丹与芍药。尤其芍药，名字当中都带着“药”字，毫不含糊地向世人亮明自己的药物身份。据中药典说，芍药确是一味好药，它能强五脏，补肾气，除血痹，破坚积，去水气，消痈肿，能治疗多种疾病。《事林广记》载：“鱼骨哽咽，白芍药嚼细咽汁。”古人这种经验和智慧，今人少有沿袭。遭遇鱼刺哽咽的痛苦，不会找白芍，直接去门诊了，躺在无影灯下，一把细长的不锈钢钳子伸进口腔，便将那根不识时务的鱼刺请了出来。

药用之外，芍药还常常被食用，是广受欢迎的养生之品。被食用的不是芍药根茎，是其精华——芍药之花。最寻常的，用芍药花加上粳米，添少许白糖，熬成芍药粥，清爽可口，香醇诱人，长期食用，养血补气。其他吃法也有很多。清代德龄女士《御香缥缈录》中曾记述慈禧为了养颜益寿，命人将芍药花瓣与鸡蛋、面粉混合后油炸成薄饼食用。民间会用芍药花制作芍药花羹、芍药花酒、芍药鲤鱼汤、芍药花煎等，简便易做，美味可口。还有人把芍药作为茶饮，将芍药与绿茶加少许红糖一起用开水冲泡，持续饮用，养阴润肺，清热舒肝。

其实，在草木世界里，芍药最大的亮点还不是它的药用和食用价值。古往今来，人们喜欢芍药，多半因其象征意义。《诗经》里有“赠之以勺药”之句，后世称芍药便多了一个别名——离草。

含有离愁别绪的别名，让芍药成为一种美好的意象，被历代文人写进文学作品。唐代多位诗人以芍药入诗。白居易有《感芍药花寄正一上人》：“今日阶前红芍药，几花欲老几花新。开时不解比色相，落后始知如幻身。空门此去几多地？欲把残花问上人。”韩愈有《芍药歌》：“丈人庭中开好花，更无凡木争春华。翠茎红蕊天力与，此恩不属黄钟家。”元稹亦有《红芍药》：“芍药绽红绡，巴篱织青琐。繁丝蹙金蕊，高焰当炉火。”元稹笔下的红芍药，容易让人想到与他热恋的女诗人薛涛。

《红楼梦》也写了芍药。第六十二回《憨湘云醉眠芍药裀，呆香菱情解石榴裙》，便有一段与芍药相关的美好情景。在宝玉生日宴席上，史湘云醉酒，离席于园中山后一条石凳上睡着了。她头枕芍药落英，身盖飞来的芍药花瓣，扇子从手中滑落在地上，半被花瓣掩埋，一群蜂蝶围着这位醉在花荫里的睡美人蹁跹纷飞。湘云香梦沉酣，嘴里还叽叽咕咕说着酒令。众姐妹嬉笑着上前推搡，湘云迟迟不肯醒来。

读《诗经》，识得离草，记住了“赠之以勺药”的出处。想象《诗经》里的情境，不得不佩服古人的浪漫。今天的恋人，会面时才会送花，多是送玫瑰花。离别之际，谁曾送花？而且还是赠之以芍药？

焉得谖草。

最早遇见“萱草”，还是学生时代，在“竹林七贤”领袖人物嵇康的文章里。嵇康《养生论》说：“合欢蠲忿，萱草忘忧，愚智所共知也。”

生活中见不着萱草，在书本上倒是有过不期而遇。《诗经·卫风·伯兮》说：“焉得谖草，言树之背。愿言思伯，使我心痗。”“谖”音同“萱”，意为“忘记”，“谖草”就是“萱草”了。“言树之背”，“背”即“北堂”，易让人想起《红楼梦》里这样的句子：“北堂有萱兮，何以忘忧？”至此方明白，萱草不仅是忘忧草，它还常常被用来借指母亲。

父母在，不远游，远游便是无奈。此

伯兮朅兮，邦之杰兮。伯也执殳，为王前驱。

自伯之东，首如飞蓬。岂无膏沐？谁适为容？

其雨其雨，杲杲出日。愿言思伯，甘心首疾。

焉得谖草，言树之背。愿言思伯，使我心痗。

为古信条。侍奉在母亲身边，人心安稳，不生离愁，甚至所有的忧愁都化为乌有。明白这道理，是读了古代诗人有关萱草的诗作。读过唐代诗人孟郊《游子》：“萱草生堂阶，游子行天涯。慈亲倚堂门，不见萱草花。”也读过元朝诗人王冕《偶书》：“今朝风日好，堂前萱草花。持杯为母寿，所喜无喧哗。”依诗人意思，自己不能陪伴在母亲身边，就让萱草代替游子陪伴母亲吧，但愿萱草能让母亲忘掉思念游子之忧愁。诗中的萱草，还是没有让人走出萱草忘忧的境界。

读到李时珍《本草纲目》，才大吃一惊。李时珍说：“萱本作谖……吴人谓之疗愁。”吃惊的不是这句，读过《诗经》，已明白“萱”即“谖”。“疗愁”也好理解，能“忘忧”自然也“疗愁”。吃惊的是李时珍另外一句轻描淡写之语：“今东人采其花跗干而货之，名为黄花菜。”原来，被视为仙草的萱草竟是黄花菜。没想到斯文高雅的萱草，曾经是《诗经》里的风景，也是历代文人墨客笔下的重要意象，实际上却是寻常百姓家餐桌上的一碗小菜。

吃黄花菜不难，吾乡有产。见过黄花菜，李时珍所谓“干而货之”，长在地里的黄花菜，都见过。干黄花菜，似干豆角，不过个头没干豆角长。黄花菜在春天播种，生根，发芽，长叶，抽茎。茎直，细长。叶，形似茅草叶，略厚，表面有蜡质光泽。夏天开花，花蕾似金针，因此也叫金针菜。花开似百合，喇叭形，花管长，花色橘黄，故得名黄花菜。吃过黄花菜，不是偶尔吃，是经常吃。说实话，黄花菜味道不是很好。干黄花菜泡发不透，清洗不彻底，吃起来还有股酸味。

常吃，是惦记着黄花菜的好。据说它可以健脑抗衰老，降低胆固醇，还有清热、利尿、除湿、健胃、明目、安神、止血、通乳、消肿等功能。难怪，黄花菜有多个别名，竟有别名就直接言明了它的功效，如健脑菜、安神菜。

众多别名中，有一个别名尤为突出：宜男草。《太平御览》说：“妇人带宜男草，生儿。”真假，只有古人知道。

中谷有蓷。

年轻时远离医药，甚至讨厌药物，视药物为不祥之物。人到中年，忽然对药物亲近起来，多视医者、药物为友。

三年前认识一位女药师。她曾经在一家省级医院的药房工作，退休后发挥余热，被一家私人药房聘任，坐堂指导。时年七十好几了，却乌发童颜，耳不聋，眼不花。

那段时间，我经常头晕目眩，且腰腿酸疼。熟悉了那位年长的女药师，且忘记了她的药师身份，将她当成老中医了，便去药房向她问诊。女药师毫不客气，俨然一位经验丰富的老中医。听完我的症状自诉，女药师劈头盖脸责备起来：

中谷有蓷，暵其干矣。有女仳离，慨其叹矣。
慨其叹矣，遇人之艰难矣！

中谷有蓷，暵其修矣。有女仳离，条其歗矣。
条其歗矣，遇人之不淑矣！

中谷有蓷，暵其湿矣。有女仳离，啜其泣矣。
啜其泣矣，何嗟及矣！

“坐，坐，坐，都是坐出来的毛病！需要活血化瘀！”女药师随手在一块不大的白纸上开药方，下笔就开“茺蔚”。我一看便心生疑问，禁不住提示女药师：“茺蔚不是益母草吗？男人也能吃？”女药师头都不抬，胸有成竹地说：“怎么不能吃？它能活血明目。茺蔚可以说是益母草，但二者又不完全是一回事。你不必担心，不会让你误吃妇科药。”女药师嘴角露出一丝微笑，似乎对面前这个少见多怪的晚辈有些调侃的成分。

其实，对于茺蔚和益母草，或多或少我还知道一点。早年读《诗经》，读到《王风·中谷有蓷》时，便对益母草有所了解。“中谷有蓷，暵其干矣。有女仳离，嘅其叹矣。嘅其叹矣，遇人之艰难矣！”句中的“蓷”，即现在的益母草，也叫茺蔚，还有坤草、九重楼、云母草等几个别名。

在益母草众多的别名当中，我对“茺蔚”印象深刻，曾经在课堂上听老师讲过这样一个故事。相传很久以前，在如今的鄂豫皖三省交界的大别山中，有个名叫茺蔚的小男孩，他母亲在生他时得了病，久治不愈，十分痛苦。小茺蔚看在眼里，急在心里，他暗下决心，一定要把母亲的病治好。于是，一个年幼而懂事的孩子，外出奔波，四处寻医问药，历尽艰辛却未能如愿。母亲的病，越来越重，竟至卧床不起，让他心急如焚。一天，这孩子跑了很远，天黑了无法回家，只好借宿古庙。庙内一老僧，得知原委，念他一片孝心，便送他四句诗，让他去找一种草药。诗云：“草茎方方似麻黄，花生节间节生花。三棱黑子叶似艾，能医母疾效可夸。”小茺蔚念念不忘这四句诗，对它熟烂于心。次日一早，他沿着河滩寻找诗中所说的草药，终于找到了一种茎呈四方形、节间开满小花的草本植物。茺蔚十分兴奋，将那种草药采回了家，熬成汤汁给母亲服用。母亲果真痊愈了。由于这种草药是小茺蔚找到的，且又益于妇女，人们便称它为益母草，把它的种子叫作茺蔚子。

记住了茺蔚之名，是因为这个动人的故事，也因为益母草之名。世间草木千千万，如此这般直言有益于母性的草木，还真不多见，有印象的仅此一例。人由母生，人须孝母，就该多多做些“益母”之事。“益母”，多么善意的劝诫！“益母草”，一种温情之物，感人至深。

熟悉益母草，除了茺蔚寻药救母的故事，还因为这种草药在吾乡有见。一种性偏寒凉的草药，它习惯临水而生。儿时，在家乡皖河湿地，常见到这样一种野草：它在春天随百草一起发芽、长叶，而后抽茎。一般野草都是圆茎，它的茎呈方形。入夏以后，茎越抽越高，高到一米左右。茎上有节，叶逢节生，生即一对，两边对称。到端午前后，它会开花，花缘节开，由下到上，节节都有花开，真有些“芝麻开花节节高”的意味。因为长得像芝麻，乡人一般不叫它益母草，叫它野芝麻。入暑之后，花便由下到上次第凋谢，结出一些棱形的褐色籽实。这种籽实在秋天成熟，收获晒干后可以入药，成为女药师笔下的“茺蔚”。

拿到了女药师配伍的几服中药，只记住了“茺蔚”，知道它能活血化瘀、清火明目。同时也明白了，茺蔚并不等于益母草，它是益母草的籽实。茺蔚和益母草的关系不言而喻，是一对母子。

隰有游龙。

从俗到雅，距离有多远？

说是十万八千里，或许一点都不为过。这话无须问人，只需看看身边的某种物事，它就会给你一个令人惊讶的答案：其中的距离，只不过一步之遥。譬如，在乡路边，在小河边，遇见一种名叫狗尾巴花或者红蓼的植物，你在吃惊的同时，也会恍然大悟。

其实，狗尾巴花或者红蓼，原是一种植物、两种叫法而已。茎秆细长直挺，有点像苎麻的秆子，秀秀气气的模样；叶子硕大椭圆互生，叶面上还有一些清晰可见的叶脉纹理，极似烤烟的叶子。开出的花，呈穗子状，比谷穗规整许多，

山有扶苏，隰有荷华。
不见子都，乃见狂且。

山有桥松，隰有游龙。
不见子充，乃见狡童。

五寸长短、拇指般粗细的圆柱体；花色鲜艳，有桃红，有粉红，也有纯白色。那些红色的花穗，说它似狗的尾巴，未免牵强附会，红颜色的狗世间少见。至于白色的花穗，看起来还真有些像狗尾巴呢，白色的狗寻常可见。所以，这种学名红蓼的植物，在民间，人们习惯于直接状其形而称之为狗尾巴花。它几乎生不择地，许多地方可见，只有空气稀薄的青藏高原例外。

除了形象逼真的俗名和斯斯文文的学名，它还有一个鲜为人知的雅名：游龙。雅名自然出自雅处，见到了“雅”字便会想到《诗经》。于《国风·郑风》中，读到了这样的句子：“山有桥松，隰有游龙。不见子充，乃见狡童。”句中的“游龙”，便是这种学名红蓼、俗名狗尾巴花的植物。从狗尾巴花到游龙，的的确确仅仅一小步，这一小步却足足跨越了三千年的历史时空。走在乡间窄小的土路上，迎坡攀登，一步高过一步。或者，沿着那潺潺溪水溯流而上，艰难地爬上了一道又一道险滩，最终抵达高山之上的水源出处。那是莽莽丛林，《诗经》里的植物王国。

后来才知道，狗尾巴花除了学名红蓼、雅名游龙，还有大接骨、追风草、丹药头等诸多别名。天生草木，各有所用，切莫随意轻视世间草芥。对于红蓼或者游龙，尤其不可忽视。你看，它长得大大方方，特别是花，开起来热热闹闹，貌似狗尾巴也丝毫不损它的大气。此物定不是等闲物，仅从它的别名上便可看出，它有药性，于人有益。对此，《本草纲目》上早有记载：“此蓼甚大，而花亦繁红，故曰荭，曰鸿，鸿亦大也”，“祛风除湿，清热解毒，活血，截疟”。先言蓼花的个头及颜色，再说它的功效用途，说得清清楚楚，未曾学医不懂药物的外行人，一眼都能看得明明白白。

红蓼这种草芥，实用尚在其次，还是一种象征美好的事物。历代诗人多爱红蓼，以红蓼入诗者不计其数。唐代诗人白居易《曲江早秋》曰："秋波红蓼水，夕照青芜岸。"宋代诗人张孝祥《浣溪沙·洞庭》中有句："红蓼一湾纹缬乱，白鱼双尾玉刀明。"南宋诗人陆游则直接以《蓼花》为题赋诗："十年诗酒客刀洲，每为名花秉烛游。老作渔翁犹喜事，数枝红蓼醉清秋。"明代诗人张四维曾吟出了这样的诗句："秋到润州江上，红蓼黄芦白浪。"清代诗人杨芳灿也有诗句："红蓼滩头秋已老，丹枫渚畔天初暝。"翻开古籍书本，这才发现诗词中的红蓼，竟然比路旁、水边平常所见多得去了。

春天，红蓼花开时，去草色青青的河边吧。在河边湿地上，连茎带叶，自然少不了它的花，掐几枝红蓼回来。插在透明晶亮的玻璃瓶中，以清水供一个有香气的灵魂。那花红叶绿的红蓼，生命力极强，逢水即活。它最懂得感恩，哪怕滴水之恩。它用感恩之心营造出一番浓浓春意来，以春光轻拂人面。

有蒲菡萏。

莲是一种人见人爱的美物。凡夫俗子难以免俗，人爱亦爱。同样是爱，却有不同。

于莲之爱，先是爱了莲的根茎——藕。爱藕，主要图实惠。藕是美食，生吃又脆又甜，熟吃又甜又面。藕还是一味良药，南朝梁人陶弘景《名医别录》曰：“生藕性寒，能生津凉血；熟藕性温，能补脾益血。”生食熟食，于人有益。

虚实相生，有实即有虚。藕之虚，虚得实在，腹有洞天，实实在在的虚心者。不仅虚心，而且有节。虚心有节之外，还有一样不容忽视——“情思连绵”，正所谓“藕断丝连”。当然，亦有例外，

彼泽之陂，有蒲与蕑。
有美一人，硕大且卷。
寤寐无为，中心悁悁。

彼泽之陂，有蒲菡萏。
有美一人，硕大且俨。
寤寐无为，辗转伏枕。

庐州包河藕，据说无丝。生在包门，自然秉持了包氏门风。那黑脸包龙图最让人敬佩亦最令人丧胆的，正是他铁面无私。

虚虚实实，总有许多可爱之处，无怪乎藕令人生爱。有爱藕心切者，对莲花不称莲花，亦不称荷花，干脆直呼藕花。宋代才女李清照便如此，《漱玉词·如梦令》云："兴尽晚回舟，误入藕花深处。""藕花"之称，恰到好处。若将句中"藕花"换成"莲花"或者"荷花"，还有原来的韵味吗？

爱莲，除却爱莲之根茎——藕，便是爱了莲之叶。说到叶子，更习惯于叫它荷叶。夏天，到荷塘看荷叶，真是一件赏心悦目事。荷叶原先在水下只是一根从淤泥里生发出来的茎，一根努力向上的茎。茎的顶端是芽，冒出水面之后，芽才渐渐舒展开来，形成一片圆形的叶子。长长的茎将叶面高高举起，很像顽皮的孩子撑开一把绿阳伞，用力过猛，撑过头了，令伞仰面朝上。原本并不密集的茎芽长成荷叶，便变得挤挤挨挨。荷叶块头大，片片相连，将荷塘水面罩个严严实实，放眼望去，一派"田田"的样子。近观一片荷叶，常见叶面中间有一颗颤动的水珠。原来，荷叶正面有一层厚厚的蜡质，它不沾水。雨点或者露水洒在上面，会形成一颗晶亮的水珠，在叶面低洼处，伴随着荷叶摇晃而震颤滚动。

人爱荷叶，历来各有爱法。汉乐府《江南》云："江南可采莲，莲叶何田田。"民国年间，朱自清夜不能寐便去看荷塘月色："曲曲折折的荷塘上面，弥望的是田田的叶子。叶子出水很高，像亭亭的舞女的裙。"

少时喜爱荷叶，一心想做叶窝里那颗晶莹剔透的露珠。荷叶是露珠的母亲，荷叶的手掌将露珠高高捧起。露珠当然明白，它就是荷叶的掌上明珠。壮年时代亦爱荷叶，将自己想象成荷叶底下那一尾嬉戏的游鱼。“鱼戏莲叶间，鱼戏莲叶东，鱼戏莲叶西，鱼戏莲叶南，鱼戏莲叶北。”鱼在荷叶下，自由自在，想游就游，想停就停，没有奔波，没有操劳，多么惬意的生存状态。

似乎没有真正爱过莲花，或者叫它荷花。尽管宋代诗人杨万里将荷花说得那么美：“毕竟西湖六月中，风光不与四时同。接天莲叶无穷碧，映日荷花别样红。”六月的荷花的确荣盛一时，诗人又是在杭州西湖赏荷花，自然别有一番风致。荷花美，诗亦美，传诵千年，魅力不衰。读诗或者赏荷，对于那些“别样红”的映日荷花，总有一丝淡淡的忧伤。那种别样的红，意味着什么呢？不言而喻，夏日终将过去，秋天很快到来，这是一条不可逾越的规律。凋谢和枯萎，无可回避，近在眼前。

芙蕖、芙蓉、菡萏、玉环、溪客、静客、翠钱、红衣，等等，莲的别名多到数不胜数，个个超凡脱俗，无不可爱，却尤爱菡萏。《尔雅·释草》曰：“荷，芙渠……其华菡萏。”菡萏是一种状态，荷花将开未开，含苞待放时。《诗经·陈风·泽陂》曰：“彼泽之陂，有蒲菡萏。”在荷叶田田的池塘边有位美人，美人与含苞待放的荷花最是相配。

菡萏初举，“小荷才露尖尖角，早有蜻蜓立上头”。蜻蜓也是爱莲者吧，爱的即菡萏。在菡萏高高的鼻尖上，蜻蜓正做着一场好梦，迟迟不肯醒来。

后记　在草木上品味诗意。

五年前，我有过一次重读《诗经》的经历。那次读《诗经》带有明确目的，或曰是为完成一项写作任务。因而，那次阅读便有些研究性质。

研究对象是《诗经》里的植物。读《诗经》，识草木，我对身边许许多多的草木多出一分敬意来。那些寄身于田间地头、河畔山野的草木，看似草莽，实则文雅。它们祖先原是登过大雅之堂的，曾是《诗经》里的重要角色。许多草木，可谓“名门之后”，它们继承了先辈“名士”气质，静立人前，隐隐约约飘逸出若有若无的诗意来。

那次阅读《诗经》之后，我对草木特别关注。我常常去山间、去水边，也去城里公园，看草木。那些时候，我走在路上，往往“目中无人”，无视迎面走来的男女老少，眼里只有草木。而看草木，总能从草木身上看出一些以前不曾发现的东西来。那些东西，就是草木身上蕴含的诗意。我在草木前流连，品味咂摸从草木身上袅袅升腾的诗意。

有些草木本是俗物，浑身烟火味。后来发现，俗物原来竟是雅物。比如萝卜白菜，还有山岗上的青桐树。

吃过几十年的萝卜白菜，从前只知它们是寻常人家的普通菜蔬，虽是养人之物，却身价低贱。曾经一段岁月，许多人靠它们活命。或许他们同我一样，只有感恩之心，尚未发现它们身上还有令人讶然起敬的东西。

“采葑采菲，无以下体。”在《诗经》中读到这个句子，且将三千年前的“葑”“菲”大致对应上如今萝卜白菜之类的菜蔬，再看看长在菜地里甚至摆在菜市场货架上的萝卜白菜，都能感受到萝卜白菜身上散发出来的清香气中有股淡淡诗意。尤其白菜，还有一个优雅的古名——“菘”。想起这个名字，在一清二白的菜食中也能吃出水墨般氤氲的诗味。

青桐树，我是不陌生的。在吾乡，端午节，新麦登场，家家都吃新麦粑。南方的麦粑跟北方的馍馍食材均是小麦粉，味道却有差别。我总觉得麦粑比馍馍香得多，原因是做法不一样。馍馍是坐在竹制乃至铁皮制成的笼屉里蒸熟的，麦粑则是坐在一片巨大的绿叶上于饭锅里蒸熟的。那张特别大的树叶是青桐树叶子，足有芭蕉扇那么大；叶柄有筷子粗，差不多两支筷子长。青桐树的叶子光洁厚实，富含汁水，有一股特别的香味，是人的味蕾喜欢的那种香型。麦粑吸收了它的香气，味道就有很大提升。好像青桐树叶子专为麦粑而生，在吾乡，那种叶子就叫粑叶子，青桐树也叫粑叶子树。

青桐树的树皮纤维特别长、特别坚韧，乡人用青桐树皮编结绳子，用起来比麻绳还要结实。

乡人们以为青桐树就像粮食、蔬菜一样司空见惯，却不晓得，吾乡粑叶子树受神鸟凤凰青睐——非它不栖。

原来，青桐即梧桐。庄子《秋水》曰：“南方有鸟，其名为鹓雏，子知之乎？夫鹓雏，发于南海而飞于北海，非梧桐不止。”鹓雏，传说中与鸾凤同类的鸟。《诗经》里也有梧桐树的美好意象：“凤凰鸣矣，于彼高冈。梧桐生矣，于彼朝阳。”

被神鸟青睐的树还是平凡的树吗？那种树身上是有仙气的，笼罩一层神秘色彩。

吾乡的稻田边、水沟边，常见一种名叫红蓼的植物。它有细高、中空而有节的茎秆，叶硕大椭圆互生，有绿色，也有紫红色，叶面上有灰白色麻点。开红花，花穗如狗尾巴。乡人也叫它狗尾巴花。在漫长的农业社会里，许多受人欢迎的植物都成为人的食物。那种红蓼好像不受欢迎，乡人见它长在田间地头就会伸手拔除，扔在路上任人畜踩踏成泥，或被阳光晒枯后又被雨水泡烂。唯一派上用场是在秋天，于河滩上割取成捆的红蓼，晒干后在场院里点火燃烧驱蚊子。那东西有辣味，烧出烟气蚊子便匆匆逃离。

如今，再看红蓼，则视它为花卉，觉得特别美。原因是发现它在千百年前就已入诗。南宋诗人陆游《蓼花》曰：“老作渔翁犹喜事，数枝红蓼醉清秋。”唐代诗人白居易《曲江早秋》曰：“秋波红蓼水，夕照青芜岸。”更早可上溯到《诗经》：“山有桥松，隰有游龙。”句中“游龙”，便是长在水边的红蓼。

受此启发，我在更多植物上发现诗意，品味诗意。在城市公园，在乡村果园，甚至在田野菜园。每有发现必有品味，成文见诸报刊，几年下来，积百余篇。于是，我以“诗意”为主线，选取《诗经》植物题材62篇，分为三辑，名曰《草木诗心》。

感谢徐迅兄，于百忙中抽空通读书稿，为本书作序。

王张应

2022年5月25日于合肥